REDAÇÃO NA VIDA PROFISSIONAL

REDAÇÃO NA VIDA PROFISSIONAL

setores público e privado

Francisco Balthar Peixoto

Martins Fontes
São Paulo 2001

Copyright © 2001, Livraria Martins Fontes Editora Ltda.,
São Paulo, para a presente edição.

1ª edição
abril de 2001

Revisão gráfica
Andréa Stahel M. da Silva
Helena Guimarães Bittencourt
Produção gráfica
Geraldo Alves
Paginação/Fotolitos
Studio 3 Desenvolvimento Editorial

Dados Internacionais de Catalogação na Publicação (CIP)
(Câmara Brasileira do Livro, SP, Brasil)

Peixoto, Francisco Balthar
  Redação na vida profissional : setores público e privado / Francisco Balthar Peixoto. – São Paulo : Martins Fontes, 2001. – (Ferramentas)

  Bibliografia.
  ISBN 85-336-1364-4

  1. Português – Redação administrativa I. Título. II. Série.

01-1136   CDD-808.06665

Índices para catálogo sistemático:
  1. Redação administração : Técnica   808.06665

Todos os direitos desta edição para a língua portuguesa reservados à
Livraria Martins Fontes Editora Ltda.
Rua Conselheiro Ramalho, 330/340
01325-000 São Paulo SP Brasil
Tel. (11) 239-3677 Fax (11) 3105-6867
e-mail: info@martinsfontes.com
http://www.martinsfontes.com

Sumário

Introdução	1
Ata	5
Atestado	13
Aviso	16
Carta	23
Certidão	29
Certificado	34
Circular	38
Comunicação	42
Comunicado	45
Contrato	49
Convenção	56
Convênio	63
Convite	68
Convocação	72
Curriculum vitae	75
Declaração	82
Edital	86
Estatuto	90
Exposição de motivos	94
Laudo	100
Memorando	103
Ofício	108
Ordem de serviço	114

Parecer 118
Petição 123
Portaria 126
Procuração 130
Regimento 135
Regulamento 139
Relatório 142
Requerimento 147
Termo 152

Sugestões bibliográficas 157

A Ligia,

*pelo estímulo,
cooperação
e parceria autêntica,
neste livro e na vida*

Introdução

Existem várias formas de comunicação em linguagem escrita. Entre elas, está a que se pode denominar de redação profissional. É praticada no exercício das atividades de trabalho, quer no âmbito da administração pública, quer na esfera da empresa privada, quer no campo das profissões liberais.
    O propósito deste livro é auxiliar os profissionais que, no dia-a-dia, estão constantemente redigindo documentos ou elaborando correspondências. Poderá ser útil, também, àqueles que precisam de alguma orientação sobre o assunto, no trato de seus interesses particulares, independentemente da condição de profissionais. Não há cidadão que consiga desobrigar-se das exigências burocráticas diversas que o põem às voltas com certidões, contratos, declarações e outros documentos.
    Não se trata de ensinar, passo a passo, o processo da redação. Este livro constitui-se como um manual de fácil manuseio. O leitor, ao consultá-lo, encontrará informações fundamentais a respeito de cada documento, que explicam o que ele é, qual sua finalidade, quais características lhe são próprias. Além disso, são apresentados modelos que exemplificam, na prática, a respectiva forma de redação.
    Os documentos da redação oficial e empresarial estão sujeitos a normas quase sempre rígidas. Não cabem grandes alterações de forma. Neste manual, optamos pela seguinte estruturação, no intuito de melhor servir ao leitor:

    1. introdução, apresenta explicações preliminares;

2. conceituação, diz em que consiste o documento e qual sua finalidade;

3. características, são assinaladas as principais peculiaridades;

4. exemplos, são apresentados modelos dos documentos.

Os dados importantes são apresentados ordenadamente, a fim de que os interessados apreendam com facilidade o significado de cada documento, sua origem e denominação, quais as características fundamentais, semelhanças e diferenças em relação a outros. Finaliza-se com exemplos que, na prática, vão ajudar o leitor a elaborar sua redação.

Escreve bem e obtém o resultado pretendido quem:
a) sabe o tipo e formato do documento que vai redigir;
b) conhece suas características e elementos básicos;
c) tem consciência do que pretende transmitir.

Além disso, o texto de qualquer documento no âmbito profissional, tanto na área da administração pública, quanto no âmbito empresarial privado ou das atividades liberais, deve possuir, na medida do possível, as seguintes qualidades primordiais:

1. *clareza* (não deixar margem a dúvidas ou interpretações equívocas ou ambíguas);

2. *concisão* (expor o assunto em poucas palavras e com exatidão, a fim de não cansar o destinatário);

3. *propriedade de termos* (usar a palavra adequada para a idéia que se pretende expor);

4. *ordem direta na frase* (evitar inversões na colocação dos termos, ou seja, deve-se usar sujeito antes do predicado, adjunto depois da palavra por ele modificada, e assim por diante. As inversões são cabíveis na linguagem literária e só, excepcionalmente, na linguagem empresarial ou oficial);

5. *obediência ao padrão culto da língua* (escrever corretamente, sem cometer erros gramaticais).

INTRODUÇÃO

Ainda que o leitor não venha a ter necessidade ou oportunidade de redigir todos os tipos de documento apresentados neste livro, mesmo assim, conhecê-los bem, seguramente, lhe trará vantagens e evitará prejuízos naqueles momentos em que seus interesses dependam de documentos corretamente elaborados.

O desafio para quem faz redação empresarial ou oficial é conciliar as normas mais ou menos rígidas a que tem de obedecer, com a clareza e a elegância sóbria que devem marcar o texto e, principalmente, garantir as condições de boa recepção por parte daquele que vai lê-lo. Como a linguagem profissional, tanto no âmbito público, quanto no privado, não comporta certos recursos de estilo, a tarefa de redigir exige razoável conhecimento e domínio do assunto por parte de quem vai executá-la.

Nos escritos em prosa de Fernando Pessoa, encontram-se estas reflexões sobre mercado, bastante avançadas para seu tempo e bem anteriores às atuais regras de *marketing*. São fruto da observação do grande poeta português, na qualidade de guarda-livros e de correspondente comercial em inglês e francês, profissões que exerceu em Lisboa, ao longo de sua vida:

> "Um comerciante, qualquer que seja, não é mais que um servidor do público, ou de um público; e recebe uma paga a que chama o seu 'lucro', pela prestação desse serviço. Ora toda a gente que serve deve, parece-nos, buscar agradar a quem serve. Para isso é preciso estudar a quem se serve – mas estudá-lo sem preconceitos nem antecipações; partindo, não do princípio de que os outros pensam como nós, ou devem pensar como nós – porque em geral não pensam como nós –, mas do princípio de que, se queremos servir os outros (para lucrar com isso ou não), nós é que devemos pensar como eles; o que temos que ver é como é que eles efetivamente pensam, e não como é que nos seria agradável ou conveniente que eles pensassem."[1]

As recomendações de Fernando Pessoa, falecido em 1935, continuam atuais, podendo ser aplicadas, não só à correspon-

---

1. Fernando Pessoa. *Alguma prosa*. Rio de Janeiro: Nova Aguilar, 1976, p. 224.

dência comercial, como também à correspondência profissional, de modo geral.

Ao redigir um documento, o principal cuidado deve ser o de escrever com clareza, a fim de torná-lo compreensível pelos destinatários. Esse é o objetivo básico.

Outro aspecto importante a ser observado é procurar saber "como é que eles efetivamente pensam", conforme as palavras do poeta. Do contrário, os documentos não atingirão o objetivo proposto.

De cada documento considerado neste Manual serão mostrados modelos como exemplo. No caso de documentos extensos, como CONVENÇÃO, ESTATUTO, REGIMENTO, REGULAMENTO, será apresentado um modelo único ou, apenas, a estrutura resumida.

Queremos deixar claro, desde já, que os nomes de pessoas, órgãos, empresas, endereços, constantes de modelos apresentados neste livro, são todos fictícios, a não ser quando mencionadas as fontes de onde foram colhidos.

ATA

Numa reunião de condomínio do edifício onde você mora, podem lhe pedir para colaborar como secretário, o que implica, entre outras coisas, redigir a ata dos trabalhos. Se você não aceita a tarefa, deixará, provavelmente, uma impressão desfavorável nos presentes.

Se quiser colaborar, porém, é indispensável que saiba o que é uma ata, para que serve e como se elabora. Isso, sem falar na possibilidade – não muito remota – de você ser escolhido, à queima-roupa, para redigir uma ata no seu dia-a-dia profissional.

Se ainda não tiver experiência nesse assunto, esperamos poder ajudá-lo agora.

Conceituação

ATA é um documento que tem por finalidade relatar todas as ocorrências, tais como discussões, propostas, votações e deliberações verificadas numa sessão, reunião, assembléia, convenção, congresso ou eventos do gênero, tanto na administração pública, quanto na área privada.

Características

- A ATA deve ser redigida em linguagem corrida, sem parágrafos e espaços vazios, a fim de impedir que sejam introduzidas modificações indevidas.

- Não deve apresentar rasuras nem emendas.
- Nos casos de erro ou omissão percebidos no momento em que está sendo redigida, emprega-se a palavra 'digo' seguida da forma correta.

> ...e foram traídos, digo, trazidos à consideração dos condôminos...

- Quando, porém, as falhas só forem percebidas após a redação da ATA, utiliza-se a expressão "Em tempo" seguida da competente correção.

> Em tempo: na décima sétima linha desta ata, onde se lê "foram escolhidos seis representantes", leia-se "foram escolhidos dez representantes".

- Recomenda-se que os números sejam escritos por extenso, a fim de não haver margem para dúvidas ou falsificações.

> Sortearam-se as três vagas desocupadas na garagem (e, não, 3 vagas).

- Não é demais escrever a palavra após o número.

> 3 (três); 17 (dezessete); 35 (trinta e cinco)

- No caso de importância em dinheiro, é imprescindível escrever como nos cheques.

> R$ 13.500,00 (treze mil e quinhentos reais)

- Abreviaturas não devem ser usadas, mesmo que facilmente compreensíveis.

> Não use: *fls*. para dizer folhas; *fig*. para dizer figurado; *i.é* para dizer isto é; *quinz*. para dizer quinzenal.

- Quando não há presidente e/ou secretário efetivos, ou seja, indicados por algum dispositivo legal, regulamentar, regimental, os participantes da reunião, sessão ou assembléia escolhem, entre os presentes, pessoas que desempenharão tais funções *ad hoc*, expressão latina que significa "para isto", "para esta coisa". No caso, equivale a dizer: "para esta reunião".

- Quando se tratar de reuniões ou assembléias previstas em regulamentos, estatutos ou outros instrumentos legais, a ATA será lavrada em livro próprio, com as páginas numeradas, e devidamente autenticado por quem, para tanto, estiver credenciado.

- É freqüente o uso de iniciais maiúsculas nos seguintes termos ou expressões:

    Assembléia Geral Ordinária, Assembléia Geral Extraordinária, Reunião da Diretoria, Reunião do Conselho, Presidente, Mesa, Livro de Presença, Edital.

- A redação da ATA obedece a esta seqüência:

    a) dia, mês, ano, hora e local da reunião ou evento similar;

    No dia 15 (quinze) de fevereiro de 2000 (dois mil), pelas 20 (vinte) horas, no auditório da empresa (dar o endereço)

    b) nomeação das pessoas presentes, com suas respectivas qualificações;

    compareceram acionistas da Companhia Vale do Rio Verde, conforme consta do Livro de Presença

    c) referência à convocação, transcrevendo-se o teor do documento que lhe deu origem (um edital; um aviso afixado em local de reconhecida visibilidade pelos participantes; uma carta endereçada, em tempo hábil, a cada um deles);

atendendo ao Edital datado de 28 de setembro de 1999, publicado no Diário Oficial do Estado e na Gazeta do Leste, nos dias ... que, a seguir, vai transcrito: (transcreve-se o Edital).

    d) referência à abertura dos trabalhos pelo presidente, que, na maioria das vezes, é iniciada com a leitura, em voz alta, da ata da reunião anterior, a fim de que seja discutida, alterada (se for o caso), e aprovada pelos presentes;
    e) registro do cumprimento da pauta ou ordem do dia, seguindo-se a descrição fiel e sucinta de todas as ocorrências e das decisões que tiverem sido discutidas e adotadas pela maioria dos participantes;
    f) fecho, habitualmente contendo os seguintes dizeres:

> Nada mais havendo a tratar, foi lavrada a presente ata que vai assinada por mim, secretário *ad hoc* que a redigiu e lavrou, pelo presidente que dirigiu os trabalhos e por quantos estiveram presentes na qualidade de participantes da sessão (reunião, assembléia, etc.).

As assinaturas devem ser apostas imediatamente depois da última palavra do texto, para não deixar espaços livres.

- Além desse modelo tradicional, já está também sendo adotado, quando é possível, o que se pode chamar de "ata-síntese" ou "ata esquemática". Consiste no preenchimento dos espaços de formulário adequado à natureza das ocorrências, conforme exemplo que será mostrado adiante.

Exemplos

Modelo 1 *Ata de assembléia de condomínio residencial*

ATA DA ASSEMBLÉIA GERAL ORDINÁRIA
DO EDIFÍCIO TOPÁZIO

Aos 5 (cinco) dias do mês de junho de 2000 (dois mil), pelas 20h30min (vinte horas e trinta minutos), em segunda e última convocação, reuniram-se, em Assembléia Geral Ordinária, no salão de festas do prédio, os condôminos do Edifício Topázio, situado na Rua ..., n.º ..., desta cidade de Sorocaba, SP, em atendimento ao Edital datado de 25 (vinte e cinco) de maio do corrente ano, a fim de deliberarem sobre a seguinte pauta: a) prestação de contas do exercício anterior; b) eleição dos membros da administração e do Conselho Consultivo para novo mandato; c) assuntos diversos de interesse do condomínio. Para presidir e secretariar os trabalhos, foram escolhidos unanimemente pelos presentes os condôminos Pedro de Tal e Paulo de Tal, respectivamente. Constatada a existência de *quorum* regulamentar, em face das assinaturas constantes do Livro de Presença, o Presidente, dando início aos trabalhos, pediu que o secretário lesse em voz alta a ata da assembléia anterior, tendo sido ela aprovada, sem ressalvas, por todos os participantes. Cumprindo o primeiro item da ordem do dia, o Presidente leu o parecer do Conselho Consultivo, que foi favorável à aprovação das contas pela assembléia ordinária, cuja documentação encontrava-se sobre a Mesa, à disposição de todos. Não havendo quem quisesse fazer uso da palavra para qualquer observação, foi o assunto submetido à votação, tendo as contas do exercício anterior sido aprovadas unanimemente pelos integrantes da assembléia. Dando prosseguimento à pauta, procedeu-se à eleição secreta dos membros da administração do condomínio, obtendo-se o seguinte resultado, por maioria dos votos: para Síndico (dar o nome completo), para Subsíndico (dar o nome completo); para os três titulares do Conselho Consultivo (dar os nomes completos), e para os três suplentes (dar os nomes completos). Passando ao último item da ordem do dia, o Presidente deu a palavra ao condômino (dar o nome completo) que submeteu à consideração da assembléia um voto de aplauso e de agradecimento à síndica (dar o nome completo), ora terminando seu segundo mandato, por todo o esforço e dedicação que prestou aos interesses do condomínio, particularmente nas grandes dificuldades enfrentadas com a implantação das normas de sua estrutura. Por unanimidade, foi aprovada a proposta, assim como formulados os votos de praxe em apoio aos novos dirigentes, a fim de que obtenham sucesso nas tarefas que terão pela frente. A seguir, os presentes aprovaram a construção de uma guarita munida de controle eletrônico, visando à maior segurança do edifício e de seus moradores, ficando, desde logo, autorizado o novo Síndico a tomar as medidas necessárias, utilizando, para tanto, as reservas financeiras do condomínio. Finalmente, ficou entendido por consenso dos participantes que cada condômino deveria exercer, permanentemente, função fiscalizadora em favor da boa ordem, apontando erros e irregularidades que verificar, bem como sugerindo soluções, num trabalho cooperativo com o Síndico e demais administradores. Nada mais havendo a tratar, foi encerrada a assembléia geral ordinária, da qual redigi e lavrei a presente ata que vai assinada por mim, secretário *ad hoc*, pelo Presidente e por todos os demais participantes. (Seguem-se as assinaturas.)

Modelo 2 *Ata de assembléia de empresa privada, propondo renúncia da diretoria e reformulação de estatutos*

ATA DA ASSEMBLÉIA GERAL EXTRAORDINÁRIA DA PESCA DE ALTO MAR S.A.

Aos 20 (vinte) dias do mês de novembro de 1999 (mil novecentos e noventa e nove), pelas dez horas, na sede social localizada em ... desta cidade de Santos, reuniram-se em Assembléia Geral Extraordinária, em primeira convocação, acionistas da empresa Pesca de Alto Mar S.A., CGC n.º ..., representando mais de dois terços do capital social com direito a voto, conforme se verifica pelas assinaturas apostas no Livro de Presença. Assumindo a presidência dos trabalhos, na forma prevista nos estatutos, o acionista Fulano de Tal convidou a mim, acionista Beltrano de Tal, para secretariar a assembléia. Constituída, assim, a Mesa, o Sr. Presidente encerrou o Livro de Presença e declarou instalada a assembléia, regularmente convocada pelo edital publicado no Diário Oficial do Estado e na *Gazeta do Sudeste*, respectivamente, nos dias 6, 9 e 10, e 6, 9 e 12 do corrente mês, o qual é do teor seguinte: "Pesca de Alto Mar S.A. CGC ... Edital de Convocação – Assembléia Geral Extraordinária. Ficam convidados os senhores acionistas de Pesca de Alto Mar S.A. para se reunirem em Assembléia Geral Extraordinária, em primeira convocação, no dia vinte de novembro corrente, às 10 (dez) horas, com o *quorum* regimental, ou às 10h30min, com qualquer número de participantes, na sede social, Rua do Catavento, n.º 48, desta cidade, a fim de apreciarem proposta da Diretoria, com a seguinte pauta: a) reforma e consolidação dos estatutos sociais, inclusive com modificação nas atribuições dos diretores; b) assuntos correlatos. Santos, 4 de novembro de 1999. – Sicrano de Tal – Diretor-Presidente." Dando prosseguimento aos trabalhos, o Sr. Presidente determinou que se procedesse à leitura da proposta da Diretoria, referida na pauta da convocação, bem como do parecer que, a propósito, emitiu o Conselho Fiscal, e que, a seguir, vão transcritos: (transcrição integral da proposta e do parecer, fazendo-se o uso das aspas, no início e no final de cada documento). Terminada a leitura dos documentos acima referidos, que foi feita em voz alta, por mim, na qualidade de secretário *ad hoc*, o Sr. Presidente submeteu à discussão dos presentes a nova redação proposta para os estatutos sociais, artigo por artigo, e, ao final da discussão, como não houvesse qualquer emenda ou sugestão, foi a matéria posta em votação pelo Sr. Presidente, resultando unanimemente aprovada, em conseqüência do que ele declarou que os estatutos da sociedade passavam, então, a vigorar com a redação constante da proposta aprovada. Nada mais havendo a tratar, foi suspensa a reunião para que fosse lavrada esta ata, no livro próprio, a qual, depois de lida e achada conforme, vai assinada por mim que a redigi e lavrei, e por todos os presentes, dando o Sr. Presidente por encerrada a assembléia. (Seguem-se as assinaturas, logo após, sem deixar espaços.)

Modelo 3 *Formulário de ata-síntese*

Reunião de:

| Ata da Reunião |

ASSUNTOS TRATADOS

Convocados   Assinaturas
_____   _____
_____   _____

Não compareceram
_____   _____
_____   _____

_____

Data: Coordenador:

ATESTADO

Quando se fala em atestado, vem logo a idéia de atestado médico para justificar faltas ou ausências, por motivo de doença, quer ao trabalho, quer à escola. E sabe-se que tanto a escola quanto a repartição vão registrar como verdadeira a informação escrita pelo médico e dispensar a falta. Apenas isso. Esse é o atestado mais comum, e essa noção elementar que se tem dele, embora contenha a essência do documento, não é suficiente.

Imagine que, um belo dia, no trabalho, em vez do médico, é você que tem de redigir, pela primeira vez, um atestado que lhe mandam preparar para assinatura do chefe, com base em dados, às vezes, muito resumidos. Para situações como essa, convém estar preparado. Antes de qualquer outra coisa, é preciso saber o que é um atestado, para que serve e como se redige.

Conceituação

ATESTADO é o documento em que se confirma ou assegura a existência ou inexistência de uma situação de direito, de que se tem conhecimento, referente a alguém ou a respeito de algum fato ou situação. É dizer por escrito, afirmando ou negando, que determinada coisa ou algum fato referente a alguém corresponde à verdade e responsabilizar-se, assinando o documento.

Características

- No serviço público, o ATESTADO é firmado por funcionário que, em razão de seu ofício ou função, tem reconhecida credencial para fornecê-lo.

- Na empresa particular, o ATESTADO é fornecido por alguém que exerce posição de chefia compatível com a afirmação que vai prestar e com a destinação do documento.

- O papel em que é redigido o ATESTADO deve conter o timbre ou carimbo do órgão público ou da empresa que o expede.

- O ATESTADO, diferentemente da DECLARAÇÃO, costuma ser expedido em atendimento à solicitação do(s) interessado(s), formulada por escrito ou verbalmente.

- A redação de um ATESTADO apresenta comumente a seguinte ordem:

    a) título, isto é, a palavra ATESTADO, em maiúsculas;
    b) nome e identificação da autoridade que emite (que também podem ser expressos no final, após a assinatura) e da pessoa ou órgão que solicita;
    c) texto, sempre sucinto, claro e preciso, contendo aquilo que se está confirmando ou assegurando;
    d) assinatura, nome e cargo ou função de quem atesta.

Exemplos

Modelo 1 *Atestado de idoneidade moral*

ATESTADO

Eu, Fulano de Tal (nome completo e identificação, se for o caso), na qualidade de Chefe do Serviço Imobiliário da empresa (razão social e/ou nome de fantasia, identificação e endereço), atesto (ou ATESTO, em maiúsculas), a pedido do interessado e para os devidos fins, que o Sr. (nome completo, identificação e qualificação) é pessoa idônea, e de nada tenho conhecimento que possa vir em desabono de sua conduta moral.

Brasília, 19 de abril de 2000.

(assinatura)

Chefe do Serviço Imobiliário

Modelo 2 *Atestado para efeito de currículo profissional*

ATESTADO

Atendendo ao requerimento datado de (data, por extenso), protocolizado neste órgão em (data, por extenso), sob o número..., atesto (ou ATESTO), para fins de registro em currículo profissional, que o Sr. (nome completo e identificação) trabalhou neste órgão, no período de (dar o período), onde ingressou mediante aprovação em testes de capacitação a que se submeteu, havendo sempre desempenhado, de forma competente e dedicada, as tarefas que lhe foram confiadas e de cujo exercício se demitiu por interesse pessoal.

Vitória, 25 de abril de 2000.

(assinatura)

(nome e
cargo que ocupa)

AVISO

Avisar é o mesmo que informar, advertir, prevenir. Por exemplo: "Não foi por falta de aviso que Fulano se associou a uma pessoa que não tinha a menor competência para ajudá-lo no negócio." Essa é uma frase bem possível de se escutar. Embora, essencialmente, também signifique advertência, informação, como no exemplo acima, o aviso de que vamos tratar é um documento de natureza profissional e possui certas características que determinam regras especiais de redação e de apresentação.

Conceituação

AVISO é o instrumento escrito de comunicação com que

– os órgãos da administração governamental, mediante publicação em diário oficial e/ou, conforme o caso, também em jornal de grande circulação, prestam informações do interesse de terceiros;

– as empresas ou instituições privadas transmitem informação, ordem, notificação, convite a empregados ou a terceiros com quem elas tenham interesses comuns;

– no serviço público, os Ministros de Estado, o Secretário-Geral da Presidência da República, o Consultor-Geral da República, o Chefe do Estado-Maior das Forças Armadas, o Chefe do Gabinete Militar da Presidência da República e os Secretários da Presidência da República dirigem-se a autoridades da mesma hierarquia ou a terceiros (v. OFÍCIO).

Características

- Nas empresas ou instituições privadas, o AVISO descrito nos dois primeiros itens, sempre redigido em papel timbrado, deve restringir-se ao teor da comunicação que, por sua vez, é feita em linguagem concisa e objetiva, a fim de não permitir dúvidas quanto à interpretação.

    Comunicamos a nossos clientes que, a partir desta data, não mais atenderemos a pedidos por telefone.

    E não:

    Vimos com o presente comunicar a nossos clientes que, de hoje em diante, não temos mais condições de continuar atendendo aos pedidos que, até agora, vêm sendo feitos por telefone.

- Quando a informação destina-se, em particular, à área comercial ou de negócios, costuma-se denominar de "aviso à praça". A palavra "praça", nesse contexto, quer dizer o conjunto de instituições comerciais e financeiras de uma cidade.

- A comunicação feita, com antecedência estabelecida por lei, por empregador a empregado, e vice-versa, de que um deles pretende, sem justa causa, rescindir o contrato de trabalho, chama-se "aviso prévio". A denominação de "prévio" advém do tempo que antecede a rescisão (v. Modelo 4).

- A estrutura do AVISO, compreendida nos dois primeiros itens acima, é bem simples:

    a) título, ou seja, a palavra AVISO em maiúsculas;
    b) indicação da pessoa ou pessoas a quem se dirige o documento;
    c) texto contendo a mensagem;

d) fecho (dispensável, conforme o caso) simples;
e) local e data;
f) assinatura, nome e qualificação ou identificação do responsável.

Exemplos

Modelo 1 *Aviso do serviço público, divulgado em jornal (primeiro item)*

MINISTÉRIO DOS TRANSPORTES

SECRETARIA DE TRANSPORTES TERRESTRES
Departamento de Transportes Rodoviários

AVISO n.º .../2000

O DTR torna público pelo presente AVISO que foi protocolizado no Ministério dos Transportes o seguinte pedido, relativo a serviço de transporte rodoviário de passageiros sob jurisdição do Governo Federal:
– Processo n.º ..., de ...
– Requerente: VIAÇÃO ...
– Linha/Serviço: Cidade Tal (GO) / Cidade Tal (MG) prefixo ....
– Descrição sumária: Requer implantação das seções de .... para ... e de ... para ...
– Fundamentos legais: Artigo ..., § ..., inciso ... do Decreto n.º...

Os terceiros interessados que tenham alegações a formular quanto ao referido pedido deverão apresentá-las, formalmente, ao Diretor deste Departamento, no prazo de 30 (trinta) dias consecutivos, contados da publicação deste AVISO no Diário Oficial da União, sob pena de, não o fazendo ou fazendo de maneira imprópria, deduzir-se o seu absoluto desinteresse relativamente à matéria nele tratada, tal como previsto na presente Norma Complementar n.º ...

(local e data)

(assinatura)

(nome e
cargo)

Modelo 2 *Aviso a condôminos de edifício residencial (segundo item)*

AVISO

Aos Srs. Condôminos,

A Administração do Edifício Resedá leva ao conhecimento de todos que, a partir do próximo mês de abril, dará início à pintura externa do edifício, na conformidade do que ficou deliberado na Assembléia Geral Extraordinária, realizada em 27 de fevereiro passado, devendo ser iniciada a cobrança da taxa extra correspondente, a partir do final de maio do corrente ano.

Londrina, 22 de março de 2000.

(assinatura)

(nome completo)

(Síndico)

Esse tipo de Aviso ou Comunicação é, quase sempre, distribuído individualmente, sob protocolo, e/ou afixado em local reconhecidamente visível pelos interessados, como os "quadros de avisos".

Modelo 3 *Aviso do serviço público, como correspondência (terceiro item)*

Aviso n.º 45/SCT/PR

Brasília, 27 de fevereiro de 1991.

Senhor Ministro,

Convido Vossa Excelência a participar da sessão de abertura do "Primeiro Seminário Regional sobre o Uso Eficiente de Energia no Setor Público", a ser realizado em 5 de março próximo, às 9 horas, no auditório da Escola Nacional de Administração Pública – ENAP, localizado no Setor de Áreas Isoladas Sul, nesta capital.

O Seminário mencionado inclui-se nas atividades do "Programa Nacional das Comissões Internas de Conservação de Energia em Órgãos Públicos", instituído pelo Decreto n.º 99.656, de 26 de outubro de 1990.

Atenciosamente,

(nome e
cargo do signatário)

A Sua Excelência o Senhor
(nome e cargo do destinatário)

Modelo 4 *Aviso prévio: dispensa de empregado sem justa causa*

São Paulo, .../.../...

Prezado
Sr. José da Silva
CTPS n.º ..., série ... SP

Ref. AVISO PRÉVIO

    Servimo-nos da presente para comunicar a V. Sa. que, a partir do dia .../.../..., seus serviços não mais serão utilizados por esta empresa, valendo esta carta como Aviso Prévio de 30 (trinta) dias, de acordo com o que determina a legislação trabalhista vigente, a ser cumprido na forma da letra ... do quadro abaixo.
    Solicitamos seu comparecimento em nosso escritório no dia .../.../..., às ... horas, munido de sua CTPS, a fim de receber seus direitos, conforme determina a legislação em vigor.

Atenciosamente,

(carimbo e assinatura da empresa)

Ciente: .../.../...

(assinatura do empregado)

(assinatura do responsável pelo menor)

FORMA DE CUMPRIMENTO:

    a) trabalhar durante 30 (trinta) dias, com redução de acordo com opção abaixo;
    b) desobrigado do cumprimento (Aviso Prévio Indenizado).

OPÇÃO DE CUMPRIMENTO:

( ) redução de 2 (duas) horas no início do trabalho;
( ) redução de 2 (duas) horas no final do trabalho;
( ) trabalho de 23 (vinte e três) dias corridos e os 7 (sete) últimos em descanso;
( ) descanso nos 7 (sete) primeiros dias e trabalho nos 23 (vinte e três) restantes.

CARTA

À primeira vista, por ser coisa tão corriqueira, parece desnecessário falar sobre carta ou dizer como se faz. Na prática, no entanto, não é comum ler uma carta bem redigida, embora, às vezes, possa estar gramaticalmente correta. Correção gramatical, apenas, não basta.

O que se deve esperar de uma carta, mesmo no âmbito da despretensiosa correspondência particular entre parentes e pessoas amigas, é algo além da correção. Devem estar assegurados alguns requisitos mínimos de estilo, clareza e objetividade.

Tratando-se, então, de correspondência empresarial, não se toleram imperfeições ou impropriedades nas cartas. Quem não souber redigi-las pode estar com o emprego ameaçado.

Conceituação

Em sentido amplo, CARTA é a forma escrita mais comum de comunicação entre pessoas. Em sentido restrito, CARTA é o documento utilizado no comércio, na indústria, nos bancos, nas firmas prestadoras de serviço, nos escritórios de profissionais liberais e, também, entre pessoas físicas e jurídicas, a fim de tratar de interesses comuns. Também conhecida como carta comercial, é dela que vamos tratar.

Características

- A CARTA comercial é o instrumento mais utilizado pelas empresas entre si e com terceiros, para o trato de negócios de comum interesse.

- Por conta desse uso constante, a CARTA está sujeita a deformações, rebuscamentos, chavões, prolixidade, ambigüidade, entre outros defeitos que comprometem sua redação.

- O que se pretende, acima de tudo, de uma CARTA comercial é que provoque uma pronta resposta para o assunto nela tratado, mesmo que seja contrária aos interesses de quem a escreveu. O inadmissível em relação a ela é que seu texto não seja bem compreendido.

- Por isso, em momento algum, na CARTA podem ser descuidadas aquelas qualidades primordiais que assinalamos no início deste livro, e que devem estar presentes em qualquer texto produzido no âmbito profissional: *clareza, concisão, propriedade de termos, ordem direta na frase, obediência ao padrão culto da língua.*

- A CARTA está para a empresa privada assim como o ofício está para o serviço público. Ambos são empregados para situações semelhantes de comunicação. Por isso, é uma impropriedade chamar de CARTA, no serviço público, o que é ofício ou memorando, e chamar de ofício, na empresa privada e nos escritórios de profissionais liberais, o que é CARTA.

- Os componentes básicos da CARTA, cujo papel deve ser timbrado, são estes:

    a) tipo e número (à esquerda e no alto da página) não obrigatórios;
    b) local e data (à direita, na mesma altura do tipo e do número);
    c) designação do destinatário e endereço;
    d) vocativo;

e) texto (compreendendo a introdução e o desenvolvimento do assunto);
f) fecho;
g) assinatura de quem remete, seguindo-se, abaixo, nome e cargo, se for o caso.

- Além do formato convencional, está também sendo freqüente alinhar à esquerda toda a carta, sem utilizar espaços de parágrafos, como adiante se observará no Modelo 2.

- É costume colocar, no final, à esquerda da única ou última página, as letras iniciais do autor do documento (letra maiúscula) e as de quem o datilografou ou digitou (letra minúscula), separadas por barra: EF/st.

- Usa-se a abreviatura REF. ou Ref. (referência), colocada um pouco antes do vocativo, à direita do papel, para indicar o resumo do que vai ser tratado. Nesse caso, no texto da CARTA, costuma-se escrever "o assunto acima referido" ou, então, "conforme a epígrafe" e, ainda, "de acordo com o epigrafado". Não se deve colocar, contudo, "acima epigrafado", pois no grego, de onde se origina, a palavra já significa "escrito acima".

- À semelhança do Ofício, a CARTA pode destacar tópicos

....

REPRESENTANTE Agradecemos sua solicitude ao providenciar, de imediato, um representante para ....

ÚLTIMO EMBARQUE Foram encontradas algumas avarias na embalagem dos produtos, fato que seria importante não mais se repetir.

VENDAS Acreditamos que a campanha publicitária lançada nos principais jornais irá incrementar as nossas vendas no próximo semestre.

....

- Pode também apresentar parágrafos numerados, para melhor indicar o assunto.

Existem certos documentos que, apesar de levarem o nome de CARTA, têm características e formato específicos, dada sua natureza e seus objetivos peculiares, razão por que não fazem parte deste livro. Eis alguns deles:

carta de crédito – ordem de pagamento em favor de quem pede ou de terceiro.
carta magna – constituição, lei maior de um Estado.
carta aberta – texto dirigido a alguém, publicamente, pelos jornais.
carta precatória – documento de órgão judicial para outro, de competência territorial diferente, no mesmo país, demandando providências.
carta rogatória – documento semelhante à carta precatória, só que entre países.

Exemplos

Modelo 1 *Carta entre empresas*

AGROPASTORIL MUNGUENGUE

CORG- 009   Jaboticabal, 13 de maio de 2000.

À
Direção da
Cia. de Transportes Ferroviários CHISPA
Rua Sanhauá, 312, Cidade Baixa
João Pessoa, PB.

Prezados Senhores,

Vimos à presença de V. Sas. a fim de informá-los de que dispomos de 5.000 (cinco mil) dormentes para ferrovia, em angico ou pau-ferro, ao preço de R$ 25,00 (vinte e cinco reais) a unidade, para pagamento em 30, 60, 90 e 120 dias com juros de mercado, postos no galpão de nossa sede, situado na Travessa do Veras, n.º 29, nesta cidade.

As entregas poderão ser efetuadas em lotes semanais, desde que a última não ultrapasse os 90 (noventa) dias, a contar do fechamento do negócio.

Se houver interesse da parte dessa empresa, na aquisição do referido material, solicitamos que V. Sas. entrem em contato com nosso escritório, pelos telefones ..., ... e ... ou mediante o fax n.º ..., para que possamos discutir a concretização do negócio, caso convenha a ambas as partes.

No aguardo de seu pronto pronunciamento, subscrevemo-nos

Atenciosamente,

(assinatura)
Pedro Silva
Gerente de Vendas

Modelo 2 *Carta de pessoa física para empresa*

Salvador, 15 de março de 2000.

À
Promoção de Vendas Século 21 Ltda.
Rua dos Carvalhos, 97, 6.º andar.
Rio de Janeiro, RJ.
20035-000

Senhores,

Acuso o recebimento de um cartão de compras "Século 21", que me foi enviado na semana passada, mediante correspondência dessa empresa, postada em 10 de março corrente.

Apresso-me em esclarecer que não fiz qualquer solicitação nesse sentido, razão por que o inutilizei e ora devolvo a V. Sas., anexo a esta carta, na certeza de que o assunto fica encerrado.

Saudações,

João Ambrósio de Melo

CERTIDÃO

Todos nós já lemos certidões. Não somente as que guardamos, como documentos importantes para qualquer cidadão (certidão de nascimento, certidão de casamento), mas outras que somos obrigados a obter ou "tirar" – como se diz comumente –, a fim de comprovar direitos e cumprir deveres ao longo da vida.

No entanto, é compreensível que você questione sobre a necessidade de aprender a redigir uma certidão, pois se trata de documento especializado que somente alguns setores de órgãos públicos ou cartórios e tabelionatos emitem.

Além disso, são utilizados com freqüência modelos previamente elaborados, bastando preenchê-los.

No entanto, é útil ter noções básicas sobre o assunto. Elas vão lhe dar condição de saber se as certidões que devem garantir a validade de um negócio ou de uma transação de seu interesse estão corretas, sem erros ou omissões que lhe possam causar prejuízo.

Conceituação

CERTIDÃO é o documento mandado expedir por autoridade pública competente, a pedido de pessoa ou de órgão interessado, no qual se declara como certa e verdadeira a existência de fatos ou atos anteriormente registrados dentro das formalidades específicas.

Características

- Se não houver esse registro anterior escrito dos atos ou fatos, o documento a ser expedido não será CERTIDÃO, mas, sim, CERTIFICADO. Daí, serem confundidos, com certa freqüência, os dois documentos.

- A CERTIDÃO pode ser fornecida, quer de forma resumida, isto é, mencionando-se tão-somente os dados indispensáveis daquilo que se declara, quer de forma integral, mediante traslado (cópia), em que é transcrito todo seu conteúdo, vírgula por vírgula, palavra por palavra (em latim: *verbo ad verbum*). É a chamada Certidão de Inteiro Teor.

- Em suma, a CERTIDÃO é uma cópia, resumida ou integral, de algum registro escrito já existente. O CERTIFICADO dá testemunho de ato ou fato, cuja veracidade é afirmada, sem que haja registro anterior correspondente.

- Certidão de Nascimento, Certidão de Casamento e Certidão de Óbito são transcrições de assentamentos feitos em livros próprios de cartórios ou tabelionatos, cujos titulares, escrivães ou tabeliães têm "fé pública" para emiti-las.

- Como registra o *Novo dicionário Aurélio*, fé pública é a "presunção legal de autenticidade, verdade ou legitimidade de ato emanado de autoridade ou de funcionário devidamente autorizado, no exercício de suas funções". Isso significa que, em princípio, toda declaração expedida por órgãos cartoriais merece crédito, pois se supõe que ela espelha a verdade.

- A Certidão Negativa, por sua vez, é a declaração expressa, referente a pessoa ou coisa, em que é negada a existência (ou afirmada a inexistência) de ônus ou obrigação de qualquer natureza que sobre a pessoa ou coisa possa estar incidindo. Trata-se de documento expedido por solicitação do(s) interessado(s), por cartórios ou por outras repartições competentes.

Por exemplo: para que seja lavrada a escritura de compra e venda de um imóvel, é indispensável a apresentação pelos interessados, entre outros documentos, de certidões negativas de débitos (CND) relativas a impostos, taxas e contribuições referentes à respectiva Unidade da Federação (UF) onde está situado o imóvel, bem como certidões negativas (CND) do INSS, de feitos judiciais e de ônus reais.

Ônus é uma palavra latina, já incorporada ao português, que quer dizer peso. Ônus reais, no Direito, são os encargos que recaem sobre determinado bem, determinada coisa.

Assim, se o imóvel estiver hipotecado, a transação não poderá ser efetuada, a menos que o comprador aceite assumir o ônus da hipoteca, com a concordância, é claro, de quem for beneficiário dessa garantia. Vale dizer que incide um peso sobre aquele imóvel. Enfim, um débito que terá de ser carregado por alguém, até que seja pago.

- O tão conhecido *Nada consta*, exigido para a renovação anual da matrícula de veículos, é, na verdade, uma Certidão Negativa de Débito, expedida pelo Departamento de Trânsito, relativa a multas ou outros encargos não pagos. O proprietário nada deve, por isso "*nada consta*" contra ele.

- Sempre lavrada em papel timbrado, a seqüência da CERTIDÃO é:

    a) título, isto é, a palavra CERTIDÃO em maiúsculas;
    b) nome e identificação da autoridade que a emite (também podem vir no final, após a assinatura);
    c) texto que inicia por "Certifico" ou "Certificamos" seguido do nome e respectivas características da pessoa ou coisa, objeto do que está sendo certificado, e continua com o próprio teor da CERTIDÃO, sempre sucinto e preciso, contendo aquilo que se está declarando;
    d) assinatura, nome e cargo ou função de quem certifica.

Exemplos

Modelo 1 *Certidão resumida sobre ato de vida acadêmica*

SERVIÇO PÚBLICO FEDERAL
Universidade Federal de Pernambuco
CENTRO DE ARTES E COMUNICAÇÃO

CERTIDÃO N.º ...

(espaço reservado para o "Visto" e carimbo do Diretor do Centro que, no caso, determinou a lavratura do documento, e a data em que foi aposta sua assinatura)

CERTIFICO, em cumprimento à determinação do Exmo. Sr. Diretor Professor (nome por extenso), que o Professor Fulano de tal (qualificação acadêmica) participou, como presidente, da Comissão Examinadora da Seleção de Auxiliar de Ensino da Área de Estudo de Literatura Portuguesa do Departamento de Letras deste Centro, nos dias vinte e quatro, vinte e cinco e vinte e seis de agosto de dois mil, à qual se submeteram 2 (dois) candidatos. Certifico, ainda, que participaram da referida Comissão Examinadora os Professores Beltrano de Tal e Sicrano de Tal. E, por ser verdade, eu (nome por extenso e assinatura), Agente Administrativo, lavrei, datilografei e assino a presente Certidão, aos oito dias do mês de setembro de dois mil, a qual vai assinada pela Secretária do Centro de Artes e Comunicação da Universidade Federal de Pernambuco. Assinatura (sobre carimbo) da Secretária.

É comum, conforme está no modelo acima, fazer-se o texto inteiro de forma contínua, compreendendo, inclusive, o fecho e a(s) assinatura(s). É uma garantia maior para evitar qualquer aproveitamento indevido de espaços.

Modelo 2 *Certidão negativa fornecida por órgão municipal*

ESTADO DE SÃO PAULO
PREFEITURA MUNICIPAL DE CAMPOS DO JORDÃO

CERTIDÃO N.º ...

(espaço destinado ao "Visto" da autoridade responsável pela expedição do documento, com respectiva data)

CERTIFICO, em cumprimento ao despacho exarado na petição n.º ..., de 17 de fevereiro de 2000, que o Loteamento Bairro Novo, situado no lugar chamado Lagoa das Caraíbas, às margens da Estrada Rodoviária pavimentada BR ..., à Av. Cícero de Azevedo, nesta cidade, pertencente ao Sr. Jaime Eliezer de Lima, nada deve à Fazenda Municipal, nesta data, ficando entretanto ressalvado o direito desta Prefeitura de cobrar do proprietário do imóvel ou de seu sucessor quaisquer débitos que posteriormente venham a ser verificados. Campos do Jordão, 28 de fevereiro de 2000.

(assinatura)
Maria José da Silva
Assistente Técnica da Receita

CERTIFICADO

Como adjetivo (particípio passado do verbo certificar), a palavra certificado refere-se a algum elemento contido numa certidão.

O motivo certificado pela autoridade responsável não foi suficiente para livrar o infrator de responder a processo.

Usada como substantivo, passa a significar um tipo de documento denominado certificado que, embora semelhante à certidão, possui características próprias.

O certificado emitido pelo Conselho de Engenharia, com base no laudo dos peritos, valerá como prova decisiva das causas do desabamento do prédio.

Neste capítulo, o objeto de nosso estudo é o certificado em sua forma substantivada.

Conceituação

CERTIFICADO é o documento que dá testemunho de ato ou fato, cuja veracidade se afirma, independentemente de estar relacionado a registro anterior escrito. É nesse particular que ele se distingue da Certidão, conforme foi visto no capítulo relativo a esse último documento (v. CERTIDÃO).

Características

- É importante, nesta altura, chamar a atenção do leitor para o seguinte: ATESTADO, CERTIFICADO e DECLARAÇÃO – e, em certo sentido, também, a CERTIDÃO – são documentos que têm grande semelhança entre si, tanto na finalidade, quanto na forma. Os três afirmam ou garantem que determinados atos ou fatos são verdadeiros e disso dão testemunho por escrito. A forma, ou seja, a estrutura de redação dos três também é muito semelhante. Em que, então, são diferentes? ATESTADO, via de regra, é expedido em favor de alguém. DECLARAÇÃO e CERTIFICADO são emitidos em relação a alguém, podendo, ou não, ser-lhe favoráveis.

- No momento em que o jovem obtém o Certificado de Reservista, ele está recebendo, na realidade, um documento que atesta sua situação regular perante o serviço militar. O Certificado de Garantia que exigimos do vendedor de um aparelho eletrodoméstico nada mais é do que uma declaração do fabricante que garante ser verdadeiro tudo quanto está dito sobre a qualidade e o funcionamento do aparelho. No Certificado de Conclusão de Curso, o que se certifica a respeito de determinado período de sua vida escolar permite a você habilitar-se em concursos, em vestibulares, em empregos, etc.

- A seqüência de redação do CERTIFICADO é esta:

    a) título, isto é, a palavra CERTIFICADO, em maiúsculas;
    b) nome e identificação da autoridade que o emite (também podem ser expressos no final, após a assinatura);
    c) texto (que inicia por "Certifico" ou "Certificamos", sempre sucinto e preciso, contendo aquilo que se está certificando);
    d) assinatura, nome e cargo ou função de quem atesta.

Exemplos

Modelo 1 *Certificado de freqüência e participação*

MINISTÉRIO DA EDUCAÇÃO E DESPORTO
Universidade Federal de Santa Catarina

DEPARTAMENTO DE LETRAS

O PROFESSOR DOUTOR INÁCIO DE ALVARENGA SOARES, Diretor do Departamento de Letras da Universidade Federal de Santa Catarina e Professor Titular da mesma Universidade, **certifica** que *CLAUDIO MANOEL DE ABREU*, Professor Adjunto da Universidade Federal de Pernambuco, freqüentou, no período de 2 a 4 de janeiro de 2000, nesta cidade, o Encontro de Literatura e Cultura Francesa, organizado por este Departamento de Letras, tendo participado ativamente nas mesas-redondas e conferências do referido evento.

Florianópolis, 10 de janeiro de 2000.

(assinatura e nome do emitente do documento)

Modelo 2 *Certificado de garantia de aparelho eletrodoméstico*

    A Empresa X garante este produto contra qualquer defeito de fabricação, por um período de 3 (três) anos, a contar da data da emissão da Nota Fiscal de compra. Esta garantia não inclui danos decorrentes de quedas motivadas por instalações inadequadas ou por paredes que não suportem o peso do conjunto. **Condições gerais**: Qualquer defeito que for constatado neste produto deve ser imediatamente comunicado à fábrica pelo telefone ... (Central de Atendimento ao Consumidor), a fim de que sejam tomadas as devidas providências ou substituído o aparelho no revendedor, no caso de ocorrência fora da cidade de ... . Esta garantia perderá sua validade, mesmo antes de expirado seu prazo, caso este produto sofra qualquer dano proveniente de acidente, uso indevido, instalação de equipamentos não indicados ou, ainda, no caso de apresentar sinais de ter sido violado ou consertado por pessoa não autorizada.

EMPRESA X

Central de Atendimento ao Consumidor
telefones ... e ...

Rua ...
(cidade e sigla da UF).

    Modelos como esse são impressos e não costumam ter assinatura do responsável. A garantia do comprador está na Nota Fiscal.

CIRCULAR

Circular, além de ser tudo o que diz respeito a círculo, tem também o sentido de algo que volta ao ponto de partida. Quando se diz que um diretor de repartição ou de empresa enviou circular a todos os chefes de departamento, nós entendemos que ele fez distribuir cópias de um mesmo documento para aqueles dirigentes, contendo alguma ordem, informação ou instrução. Tal documento dará a volta virtual ou imaginária, passando pelos chefes e, em princípio, voltando a ele, diretor, que foi o ponto de partida e com quem serão tratados os assuntos contidos na circular.

É desse tipo de documento que nos ocuparemos a seguir.

Conceituação

Dá-se o nome de CIRCULAR a toda comunicação escrita, reproduzida em várias ou muitas cópias, obviamente de mesmo teor, contendo informações, ordens ou instruções, e dirigida a diversas pessoas ou órgãos, mediante aviso, ofício, carta, manifesto. É um documento comum à empresa privada e ao serviço público.

Características

- A denominação origina-se da substantivação do adjetivo "circular". De Carta-circular, Ofício-circular, passou-se a dizer apenas CIRCULAR, adotando o gênero feminino. Uma CIRCULAR tanto pode referir-se a um ofício como a uma carta.

- No serviço público, a CIRCULAR é dirigida aos diversos órgãos, repartições, departamentos, seções ou setores aos quais, simultaneamente, a autoridade superior competente precisa transmitir ordens, avisos, instruções, interpretações de normas, entre outras comunicações.

- Na empresa privada, a CIRCULAR é endereçada: 1) no âmbito externo, a representantes, clientes, fregueses, fornecedores, com a finalidade de prestar-lhes informações sobre negócios, produtos, tabelas de preços, sistemáticas de venda ou de cobrança, etc.; 2) no âmbito interno, a gerentes, chefes e funcionários, a fim de transmitir-lhes ordens, avisos, orientações, etc.

- Sendo, como vimos, equivalente a um ofício ou a uma carta, a CIRCULAR segue, praticamente, os mesmos padrões de redação, exceto quanto ao vocativo, que costuma ser genérico, pela própria natureza do documento, e quanto ao fecho, que, em alguns casos, é dispensado.

- Na prática, depois de pronta a CIRCULAR, tiram-se as cópias necessárias do original, já assinadas (ou para posterior assinatura em cada uma) pela autoridade ou chefia remetente, cabendo em seguida, apenas, o endereçamento aos diversos destinatários e a respectiva expedição.

Exemplos

Modelo 1 *Circular de órgão público, alterando norma*

Superintendência de Seguros Privados

CIRCULAR Nº 95, DE 9 DE JULHO DE 1999

> Dispõe sobre a alteração das Normas e Rotinas integrantes da Apólice, relativas ao Seguro Habitacional do SFH e dá outras providências.

O SUPERINTENDENTE DA SUPERINTENDÊNCIA DE SEGUROS PRIVADOS-SUSEP, na forma do art. 36, alínea "b", "c" e "h", do Decreto-Lei n.º 73, de 21 de novembro de 1966, no uso das atribuições que lhe são conferidas pelo item 2, alínea "c", da Instrução SUSEP n.º 1, de 20 de março de 1997, e considerando o que consta no Processo SUSEP n.º 10.003226/99-93, de 16 de junho de 1999, resolve:

Art. 1º Incluir o subitem 2.2.6 nas Normas e Rotinas da Apólice do Seguro Habitacional do SFH, estabelecidas por meio da Circular SUSEP n.º 8, de 18 de abril de 1995, com a seguinte redação:

"2.2.6 – Até 15 de outubro de cada ano, a Seguradora deverá se manifestar perante o IRB-Brasil Resseguros S. A. quanto à regularidade da situação do Estipulante, no que se refere à existência de atraso no recolhimento dos prêmios.

"2.2.6.1 – Verificada a inadimplência no pagamento dos prêmios, por parte do Estipulante, o IRB-Brasil Resseguros S.A. comunicará a este o seu impedimento de exercer opção por nova Seguradora, a menos que providencie a imediata regularização dos prêmios pendentes, junto às Seguradoras credoras, devendo tal regularização ser participada ao IRB-Brasil Resseguros S.A., até o dia 25 de outubro de cada ano."

Art. 2º Renumerar os subitens seguintes, até o atual 2.2.11, que passará a ser o subitem 2.2.12.

Art. 3º Esta Circular entra em vigor na data de sua publicação.

(nome completo)

(DOU 134 – 15.07.99)

Modelo 2 *Circular de empresa privada, contendo solicitação*

MANTIQUEIRA MATERIAIS DE CONSTRUÇÃO LTDA.

CIRC. 176/99   Campos do Jordão, 15 de março de 2000.

Aos Srs. Fornecedores,

 Com a mudança para o novo endereço, já do conhecimento de V. Sas., esta empresa viu-se na obrigação de reformular, não apenas o quadro de pessoal de atendimento ao público, aumentando-o e buscando maior treinamento, como também promoveu nova sistemática para recebimento e distribuição de mercadoria aos diversos postos de entrega.
 Diante disso, vimos solicitar que, a partir do próximo mês de abril, os caminhões que fazem a entrega dos materiais fornecidos por V. Sas. não mais se dirijam ao armazém situado na praça do Mercado Velho, como até hoje acontece. Devem descarregar no galpão anexo ao novo endereço. O local proporcionará maior rapidez e comodidade, por contar com plataformas apropriadas.
 Temos certeza de estar contribuindo para nossos comuns interesses e aproveitamos a ocasião para cumprimentá-los.

(assinatura)
Fulano de Tal
Gerente Comercial

COMUNICAÇÃO

A comunicação, no seu sentido mais amplo, é o ato ou efeito de se transmitir mensagens de uma fonte de informação a um destinatário. Ao pé da letra, quer dizer "tornar comum" alguma informação entre duas ou mais pessoas.

Os diversos tipos de documentos, cuja redação estamos apresentando neste livro, nada mais são do que instrumentos de comunicação, nesse sentido abrangente a que nos referimos.

Em sentido restrito, no entanto, comunicação é um documento simples, curto, mas que nem por isso pode ser elaborado ao estilo de cada pessoa. Como os demais, ele tem conceituação e características próprias sobre as quais vamos dar esclarecimentos.

Conceituação

COMUNICAÇÃO – tanto quanto Comunicado, Nota, Aviso, Aviso à praça, Esclarecimento, Nota de esclarecimento –, é documento que se faz publicar na imprensa escrita, ou por outra modalidade de divulgação, com a finalidade de dar ciência pública e prestar informações a respeito de determinado ato ou fato.

Características

• A estrutura de redação da COMUNICAÇÃO é simples:

a) título, ou seja, a palavra COMUNICAÇÃO, em maiúsculas. Quando se tratar de empresa ou órgão público, o nome da instituição vem acima do título;
b) texto contendo a informação que se quer divulgar;
c) local e data, seguindo-se, abaixo, o nome e a qualificação de quem assina. Tratando-se de pessoa física, coloca-se apenas o nome.

* Em determinados casos, antes do texto, usa-se o vocativo para personalizar a mensagem. Por exemplo, se for de sociedade anônima:

Aos Senhores Acionistas,
ou
Aos Senhores Acionistas portadores de ações preferenciais,

Exemplos

Modelo 1 *Comunicação sobre interrupção de transporte*

Companhia de Luz e Força Novo Mundo

COMUNICAÇÃO

Comunicamos a todos os usuários do Teleférico que faz a ligação do centro da cidade ao Bairro do Morro Velho que, por motivo de substituição de cabos elétricos e manutenção da rede, o referido transporte aéreo não funcionará nos dias 13 (treze) e 14 (quatorze) do corrente mês, devendo voltar à atividade a partir do dia 15 (quinze), nos horários habituais.
Agradecemos a compreensão de todos.

Vitória, 10 de julho de 2000.
Chefe de Tráfego

Modelo 2 *Comunicação de clube a seus associados*

CLUBE DE CAMPO NOVA FLORADA

COMUNICAÇÃO

Comunicamos a todos os associados deste Clube que, em virtude da recuperação que estamos procedendo no sistema de bombeamento d'água e revestimento de nossas duas piscinas, fica suspensa sua utilização, entre os dias 10 (dez) e 30 (trinta) do corrente mês de janeiro.

Estamos certos de poder contar com a tolerância de nossos sócios e agradecemos, mais uma vez, o apoio que tem sido dado às atividades desenvolvidas em nossa gestão.

Brasília, 5 de janeiro de 2000.

Fidélis de Alcântara

Presidente

COMUNICADO

Da mesma forma que comunicação, no seu sentido mais amplo, comunicado também se destina a transmitir mensagens de uma fonte de informação para um destinatário.

Como particípio passado do verbo comunicar, a palavra comunicado é sinônimo de "informado", "cientificado", "transmitido":

> *O problema foi comunicado (informado, cientificado, transmitido) imediatamente ao interessado.*

Empregado de forma substantivada, comunicado passa a designar um tipo de documento da vida profissional, muito semelhante à comunicação, mas com suas peculiaridades (v. COMUNICAÇÃO).

> *O Comunicado causou impacto na maioria dos leitores.*

É nesse sentido específico que passamos a apresentá-lo.

Conceituação

COMUNICADO é um aviso ou informação oficial que órgãos públicos, empresas e instituições fazem divulgar em jornais a fim de dar ciência pública sobre determinado assunto. Recebem também esse nome, na linguagem militar, as informações relativas a guerra, combates, embarques ou desembarques de tropas, e outras notícias do gênero.

Características

- Em qualquer circunstância, o COMUNICADO costuma restringir-se ao teor da informação ou esclarecimento que se pretende transmitir, e deve ser redigido em linguagem direta e concisa, a fim de não permitir dúvidas de interpretação.

- Quando a informação destina-se a cientificar, principalmente, a área comercial ou de negócios, utiliza-se o título "Comunicado à praça".

Exemplos

Modelo 1 *Comunicado de órgão público divulgando informações e taxas*

Banco Central do Brasil
Departamento Econômico

COMUNICADO N.º ..., DE ...

Divulga as Taxas Básicas Financeiras-TBF, os Redutores-R e as Taxas Referenciais-TR relativos aos dias ..., ... e ... de (mês) de (ano).

De acordo com o que determinam as Resoluções n.º 2.437 e 2.604, de 30.10.97 e 23.04.99, respectivamente, divulgamos as Taxas Básicas Financeiras-TBF, os Redutores-R e as Taxas Referenciais-TR relativos aos períodos abaixo especificados:

I – Taxas Básicas Financeiras-TBF:
   a) ....
   b) ....
   c) ....
II – Redutores-R:
   a) ....
   b) ....
   c) ....
III – Taxas Referenciais-TR:
   a) ....
   b) ....
   c) ....

(assinatura e
nome)

Este texto está apresentado com supressões, a fim de abreviá-lo.

Modelo 2 *Comunicado de empresa de serviço a seus usuários*

(NOME DA EMPRESA)

COMUNICADO

A empresa X comunica que a interrupção dos serviços telefônicos prestados na Central Norte (prefixos xxx e yyy), ocorrida na tarde do dia 13 próximo passado, deveu-se a reparos de emergência na rede transmissora, circunstância que impediu o aviso antecipado aos usuários.

Cabe-nos reafirmar que esta empresa continua empenhada em, cada vez mais, operar com a eficiência esperada de uma estrutura que, há mais de 50 anos, vem atuando, de forma competente, no ramo de telecomunicações na América Latina.

Atenciosamente,

Curitiba, 16 de junho de 2000.

EMPRESA X

CONTRATO

Na formação da palavra contrato, está facilmente subentendido seu significado, ou seja, trato com alguém. Efetivamente, o contrato é um acordo, uma combinação, um acerto que se faz com outra(s) pessoa(s) física(s) ou jurídica(s). Juntam-se o interesse e a vontade das duas partes, cabendo a cada uma delas cumprir o que ficar acertado.

Quando entramos em uma loja e compramos um objeto qualquer, estamos realizando um contrato. Ele será concluído no momento em que, de um lado, pagarmos o valor cobrado e, do outro, a loja nos fizer a entrega correta do objeto. É simples, rápido e sem formalidades.

Os tipos de contrato que veremos a seguir, embora possuam a mesma natureza do contrato feito com a loja, têm de ser escritos obedecendo a certos modelos e requisitos, a fim de garantir o interesse dos contratantes, pois as circunstâncias são bem mais complexas do que as de uma simples compra em estabelecimento comercial.

Conceituação

CONTRATO é o acordo de vontades de pessoas, empresas ou instituições, a fim de criar, modificar ou extinguir, entre si, uma relação de direitos e de obrigações.

Características

- Na administração pública, dá-se o nome de "contrato administrativo" ao instrumento utilizado quando o acordo é firmado com pessoa(s) ou entidade(s) particular(es).

- Com relação aos elementos essenciais, não há diferença entre o contrato administrativo e o contrato de direito privado ou civil. No contrato administrativo, porém, a validade está sujeita ao cumprimento de exigências específicas, além dos requisitos e formalidades comuns aos dois tipos de documento. Elas se destinam a resguardar o interesse público.

- Eis algumas dessas exigências, entre outras, que o *Regulamento Geral de Contabilidade Pública* estabelece:

    – menção expressa ao dispositivo legal que autoriza a celebração do ato;

    – indicação especificada das obrigações assumidas pelas partes contratantes;

    – descrição minuciosa de bens e objetos que estejam vinculados à contratação;

    – assinatura do documento por autoridade administrativa competente.

- CONTRATO unilateral, também chamado de gratuito, é aquele em que somente uma das partes assume obrigações. Exemplo típico é o contrato de doação, em que apenas um dos contratantes se beneficia.

- CONTRATO bilateral ou oneroso é assim classificado porque envolve duas partes que assumem os respectivos ônus ou obrigações dele decorrentes. É dele que iremos tratar.

- Tanto na esfera pública, como na empresarial e na particular, o CONTRATO apresenta, basicamente, o seguinte formato de redação:

a) título: Contrato ou Termo de Contrato:

CONTRATO ou

TERMO DE CONTRATO

b) ementa ou resumo do assunto

Contrato de Locação (ou Termo de Contrato de Locação) de imóvel residencial que entre si fazem, de um lado, como LOCADOR, José de Castro Alves, e do outro, como LOCATÁRIO, Antônio Fagundes Varela.

c) texto iniciado com os nomes e as qualificações dos contratantes, seguido da indicação de vontade de firmarem o compromisso:

JOSÉ DE CASTRO ALVES, brasileiro, casado, comerciante, residente nesta cidade, com endereço à Av. ..., n.º ..., portador do RG n.º ... e do CIC n.º ..., neste instrumento abreviadamente denominado LOCADOR, e ANTÔNIO FAGUNDES VARELA, brasileiro, solteiro, economista, residente nesta cidade à Rua ..., n.º ..., portador do RG n.º ... e do CIC n.º ..., neste ato denominado LOCATÁRIO, têm entre si, justo e contratado, por via deste instrumento e melhor forma de direito, por si e seus sucessores, a qualquer título, o seguinte:

d) cláusulas dispostas em parágrafos numerados em que se estabelecem, com clareza e objetividade, as condições e os requisitos da contratação:

CLÁUSULA PRIMEIRA – O LOCADOR é senhor e legítimo possuidor da casa situada na Av. das Palmeiras, n.º ..., no bairro de Amendoeiras, desta cidade do Rio de Janeiro;

CLÁUSULA SEGUNDA – Pelo presente instrumento, o LOCADOR dá em locação o imóvel ...;

CLÁUSULA TERCEIRA – O preço do aluguel é de ... etc.;

CLÁUSULA QUARTA – O LOCATÁRIO obriga-se a ...

e assim por diante, até a última cláusula.

e) fecho que, em geral, consta dos seguintes dizeres:

> E por estarem assim justas e contratadas, firmam o presente contrato, em (quantidade) vias de igual teor e forma, para um só efeito, que vão pelas partes devidamente assinadas;

f) nomes dos contratantes sobre os quais são apostas as assinaturas.

- Para as testemunhas (de praxe, duas) e fiador(es) reservam-se espaços no final do documento, onde serão apostos os respectivos nomes e assinaturas.

- Havendo posteriormente necessidade de acrescentar ou alterar um CONTRATO já firmado e concluído, elabora-se um outro documento que se chama Termo Aditivo, cujo texto é semelhante ao Termo de Contrato, isto é, ao CONTRATO.

Exemplo

Modelo único *Contrato de locação de imóvel residencial*

INSTRUMENTO PARTICULAR DE CONTRATO DE LOCAÇÃO

> Contrato de locação de imóvel residencial que entre si fazem, de um lado, como LOCADOR, José de Castro Alves, e do outro, como LOCATÁRIO, Antônio Fagundes Varela, conforme abaixo se declara.

JOSÉ DE CASTRO ALVES, brasileiro, casado, comerciante, com endereço à Av. ..., n.º ..., portador do RG n.º ... e do CIC n.º ..., neste instrumento abreviadamente denominado LOCADOR, e ANTÔNIO FAGUNDES VARELA, brasileiro, solteiro, economista, com endereço à Rua ..., n.º ..., portador do RG n.º ... e do CIC n.º ..., neste ato denominado LOCATÁRIO, ambos residentes nesta cidade, têm entre si, justo e contratado, por via deste instrumento e melhor forma de direito, por si e seus sucessores, a qualquer título, o seguinte:

CLÁUSULA PRIMEIRA – O LOCADOR é senhor e legítimo possuidor da casa situada na Av. das Palmeiras, n.º ..., no bairro de Amendoeiras, desta cidade de Vassouras, RJ;

CLÁUSULA SEGUNDA – Pelo presente instrumento, o LOCADOR dá em locação o imóvel acima descrito, pelo prazo de 1 (um) ano, a contar de 1.º (primeiro) de agosto de 2000 e a terminar em 1.º (primeiro) de agosto de 2001, sujeitando-se o LOCATÁRIO à multa convencional de R$50,00 (cinqüenta reais) por dia de atraso na entrega do imóvel, sem prejuízo das medidas cautelares que se impuserem, em juízo ou fora dele, por parte do LOCADOR;

CLÁUSULA TERCEIRA – O preço do aluguel é de R$ 1.200,00 (mil e duzentos reais) pagáveis mensalmente pelo LOCATÁRIO ao LOCADOR, até o dia 5 (cinco) de cada mês seguinte ao vencido, correndo por conta do LOCATÁRIO todas as despesas de consumo d'água e de energia elétrica, assim como os impostos e taxas que incidem sobre o imóvel objeto do presente contrato;

CLÁUSULA QUARTA – O LOCATÁRIO obriga-se a conservar o imóvel da forma como ora o recebe, fazendo os consertos e substituições que se fizerem necessários, bem como a devolvê-lo, quando do término da locação, nas exatas condições de conservação e limpeza em que ele lhe está sendo entregue;

CLÁUSULA QUINTA – As benfeitorias úteis e necessárias que porventura vierem a ser executadas pelo LOCATÁRIO durante a vigência deste contrato, serão incorporadas ao imóvel, não cabendo por elas qualquer indenização por parte do LOCADOR;

CLÁUSULA SEXTA – A casa objeto do presente instrumento destina-se, exclusivamente, à residência do LOCATÁRIO e de sua família, não lhe sendo permitido, em qualquer hipótese, salvo mediante consentimento por escrito do LOCADOR, cedê-la, transferi-la ou sublocá-la, total ou parcialmente;

CLÁUSULA SÉTIMA – O LOCADOR poderá concordar com a prorrogação do presente contrato, por mais um ano, desde que o LOCATÁRIO manifeste sua intenção por escrito, pelo menos 60 (sessenta) dias antes do término da locação;

CLÁUSULA OITAVA – Como fiador e principal pagador, solidariamente responsável pelo cumprimento de todas as cláusulas aqui estipuladas, até a entrega definitiva das chaves, assina o presente contrato o Sr. JOSÉ DA SILVA XAVIER, brasileiro, industrial, portador do RG n.º ... e do CIC n.º ..., casado com a Sra. Maria do Carmo Xavier, arquiteta, que, como esposa, também assina, na forma da lei, ambos residentes nesta cidade de Vassouras, RJ;

CLÁUSULA NONA – O presente contrato obriga as partes, seus herdeiros e sucessores, a qualquer título, ficando eleito o foro da cidade de Vassouras, RJ, com renúncia de qualquer outro que possam vir a ter os contratantes, para dirimir as dúvidas e questões suscitadas.

E por estarem assim justos e contratados, assinam o presente instrumento contratual em duas vias de igual teor e forma, e para um só efeito, juntamente com as testemunhas abaixo.

Vassouras (RJ), 25 de julho de 2000.

LOCADOR: *JOSÉ DE CASTRO ALVES*
LOCATÁRIO: *ANTÔNIO FAGUNDES VARELA*

FIADOR: José da Silva Xavier
          Maria do Carmo Xavier (esposa do fiador)

Testemunhas:

_____

_____

CONVENÇÃO

Em sentido amplo, convenção é um acerto ou pacto que se estabelece entre pessoas para que sejam seguidas determinadas normas de procedimento. Chama-se tácita a convenção que não é escrita. É o caso da convenção social que resulta de certos hábitos e costumes adotados por determinada sociedade e cujo cumprimento beneficia a todos os seus integrantes, sem que haja qualquer regra escrita.

A palavra convenção também é empregada referindo-se a congresso, conferência (não a que equivale a palestra), assembléia de determinados organismos ou associações, partidos políticos ou sociedades religiosas, entre outros. A denominação decorre do fato de que tais assembléias sempre são encerradas com a aprovação de um documento escrito, contendo as resoluções decorrentes do acordo firmado pelos participantes. Desse documento é que vamos tratar.

Conceituação

No sentido restrito, CONVENÇÃO é o documento resultante de acordo ou ajuste escrito de vontades, sobre atos, fatos ou práticas que interessam a determinado grupo de pessoas.

Características

- Sendo, na essência, um acordo de vontades, a CONVENÇÃO segue a estrutura do CONTRATO, com o qual se assemelha e por isso utiliza formato semelhante de cláusulas ou artigos e respectivos parágrafos, incisos, etc.

- No campo das relações internacionais entre países, é corrente o uso da CONVENÇÃO para disciplinar assuntos específicos, tais como arbitragem, serviços postais, direitos autorais, limites de espaço aéreo, de mar territorial, entre outros.

- A CONVENÇÃO difere do CONTRATO – embora seja também um acordo entre partes, semelhante a ele no formato – porque, enquanto o CONTRATO só tem valor para as partes contratantes, a CONVENÇÃO diz respeito também a direito de terceiros.

- O documento que estabelece as regras de convivência entre pessoas que habitam o mesmo edifício ou unidade residencial ou que ocupam salas e conjuntos para uso profissional é chamado de Convenção de Condomínio. É exigido e disciplinado por lei específica.

Como se trata de um documento do dia-a-dia, diante da proliferação de prédios residenciais e de escritórios, vale a pena saber mais a respeito desse acordo denominado Convenção de Condomínio.

O art. 9º, do Capítulo II, da Lei nº 4.591, de 16 de dezembro de 1964, que dispõe sobre *o condomínio em edificações e as incorporações imobiliárias*, determina:

> Art. 9º – Os proprietários, promitentes compradores, cessionários ou promitentes cessionários dos direitos pertinentes à aquisição de unidades autônomas, em edificações a serem construídas, elaborarão, por escrito, a Convenção de Condomínio, e deverão, também, por contrato ou por deliberação, em assembléia, aprovar o Regimento Interno da edificação, ou conjunto de edificações.

De acordo com o § 3º, do art. 9º, da referida Lei, além das normas aprovadas pelos condôminos, a Convenção de Condomínio deverá sempre conter em sua estrutura:

a) discriminação das partes de propriedade exclusiva, e as de condomínio, com especificações de diferentes áreas;
b) destino das diferentes partes;
c) modo de usar as coisas e serviços comuns;
d) encargos, forma e proporção das contribuições dos condôminos para as despesas de custeio e para as extraordinárias;
e) modo de escolher o Síndico e o Conselho Consultivo;
f) atribuições do Síndico, além das legais;
g) definição da natureza gratuita ou remunerada de suas funções;
h) modo e prazo de convocação das assembléias gerais dos condôminos;
i) *quorum* para os diversos tipos de votações;
j) forma de contribuição para a constituição de Fundo de Reserva;
l) forma e *quorum* para as alterações de convenção;
m) forma e *quorum* para a aprovação do Regimento Interno, quando não incluídos na própria Convenção.

- A estrutura de redação de uma CONVENÇÃO consta de três segmentos básicos:

a) introdução, em que são indicados os participantes e signatários do documento, ou legítimos representantes, bem como sua deliberação expressa de se comprometerem a cumprir o que acabam de estabelecer;
b) cláusulas contratuais, discriminadas em capítulos e respectivos desdobramentos (artigos, parágrafos, incisos, alíneas, itens);
c) fecho que, habitualmente, consta dos seguintes dizeres:

E, por estarem de pleno acordo, os (indicar os participantes) assinam a presente Convenção, para os legítimos fins de direito.

d) local e data, seguindo-se as assinaturas, na conformidade do que ficou indicado na introdução.

- Tratando-se de uma Convenção de Condomínio, o fecho será este:

> E por estarem de pleno acordo, os co-proprietários do Edifício X assinam a presente Convenção de Condomínio que, após o competente registro no Cartório de Registro de Imóveis, produzirá seus efeitos legais.
>
> (Local e data, seguidos das assinaturas e identidades dos condôminos, bem como o número da unidade imobiliária de que cada um deles é proprietário.)

Modelo único *Convenção de condomínio de edifício residencial*

CONVENÇÃO DO CONDOMÍNIO
DO EDIFÍCIO PIRÂMIDE

Os titulares das unidades autônomas do Edifício Pirâmide, situado nesta cidade, na Rua ..., n.º ..., reunidos em Assembléia Geral Extraordinária, regularmente convocada, e realizada no dia 25 de abril de 2000, resolvem estabelecer a presente Convenção que regerá o condomínio, conforme consta da ata da referida Assembléia, nos termos a seguir descritos:

Capítulo I
DENOMINAÇÃO, CARACTERIZAÇÃO, PARTES COMUNS E AUTÔNOMAS

Art. 1.º O Edifício Pirâmide, situado na Rua ..., n.º ..., desta cidade, constituído de doze pavimentos, divididos em 24 apartamentos, sendo dois por andar, fica sob o regime estabelecido pela Lei n.º 4.591, de 16 de dezembro de 1964.

Art. 2º São partes comuns do edifício, inalienáveis e indivisíveis, todas as que estão a seguir especificadas:

I – o terreno em que está construído o imóvel, com área total de X m²;

II – o subsolo onde está a garagem com 2 (duas) vagas para cada apartamento e depósitos para materiais diversos;

> (seguem-se quantos itens sejam necessários para discriminar as demais partes comuns, tais como: fundações do prédio; paredes; pilotis; elevadores; residência do zelador; canos e dutos; instalações de portaria; *playground*; etc.).

Art. 3º A cada apartamento corresponde uma fração ideal do terreno e das partes comuns, que será observada para a fixação da quota com que cada condômino irá contribuir para as despesas de condomínio.

Capítulo II

DA ADMINISTRAÇÃO DO IMÓVEL

Art. 4º Integram a administração do Condomínio:
a) Assembléia Geral;
b) Conselho Consultivo;
c) Síndico;
d) Subsíndico

Capítulo III

DA ESTRUTURA ORGANIZACIONAL

Art. 5º Haverá, anualmente, na segunda quinzena de abril, uma Assembléia Geral Ordinária dos condôminos, convocada pelo Síndico, com antecedência mínima de 8 (oito) dias, mediante carta-circular ou edital afixado no prédio, em local próprio e de reconhecida visibilidade por parte dos interessados.

Art. 6º À Assembléia Geral Ordinária compete:

a) apreciar e votar o relatório e a prestação de contas do Síndico, relativos ao exercício, que devem vir acompanhados do parecer do Conselho Consultivo;

b) discutir e votar o orçamento apresentado pelo Síndico para o próximo exercício;

c) eleger os membros, titulares e suplentes do Conselho Consultivo, bem como o Síndico e o Subsíndico, todos com mandato de um ano;

d) apreciar e votar assuntos de interesse geral que sejam apresentados.

Art. 7º As Assembléias Gerais, tanto a ordinária, quanto as extraordinárias, serão realizadas, em primeira convocação, com um *quorum* de, no mínimo, 2/3 (dois terços) dos condôminos, proprietários ou mandatários credenciados e, em segunda e última convocação, pelo menos trinta minutos após, com qualquer número dos mencionados condôminos.

Parágrafo único – As Assembléias Gerais Extraordinárias, quando houver reconhecida urgência, poderão ser convocadas com antecedência mínima de 5 (cinco) dias.

A seguir, apresentamos apenas o esquema dos capítulos e respectivos títulos do restante da Convenção de Condomínio.

Capítulo IV
DA ASSEMBLÉIA GERAL

Capítulo V
DO CONSELHO CONSULTIVO

Capítulo VI
DO SÍNDICO E SUAS ATRIBUIÇÕES

Capítulo VII
DOS DIREITOS E DEVERES DOS CONDÔMINOS

Capítulo VIII
DAS RECEITAS E DAS DESPESAS

Capítulo IX
DO RECOLHIMENTO DAS TAXAS

Capítulo X
DO SEGURO

Capítulo XI
DO FUNDO DE RESERVA

Capítulo XII
DAS DISPOSIÇÕES GERAIS E TRANSITÓRIAS

E, por estarem assim de pleno acordo, os co-proprietários do Edifício Pirâmide assinam a presente Convenção, a qual, após o respectivo registro no Registro de Imóveis, produzirá seus devidos efeitos legais.

(Local e data)

(Seguem-se os nomes e as assinaturas dos condôminos com respectiva identificação e número do apartamento de sua propriedade.)

Este texto foi apresentado com reduções, por ser um documento extenso.

CONVÊNIO

Convênio é o mesmo que ajuste, pacto, acerto, combinação. Tudo isso, porém, nada mais é do que um contrato, ou seja, a acomodação de vontades de maneira tal que cada uma das partes envolvidas compromete-se a fazer algo que vai servir ao interesse da outra. A palavra convênio também é muito empregada com o sentido de pacto:

> *Havia um convênio entre os professores da Faculdade de Educação a fim de que, a cada dois meses, todos se reunissem para uma avaliação informal do andamento de suas atividades pedagógicas.*

Um convênio, portanto, tem a essência e a forma de um contrato. O que é diferente é a natureza das partes contratantes que, no convênio, são sempre instituições, entidades coletivas, sociedades, órgãos privados ou públicos. Nunca são pessoas físicas.

Conceituação

CONVÊNIO é um acordo, ou pacto, celebrado entre órgãos públicos, ou entre eles e instituições privadas, visando ao trato ou disciplinamento de interesses comuns. Não é próprio, portanto, denominar-se CONVÊNIO, mas, sim, CONTRATO, o acordo em que nenhum dos pactuantes é instituição pública.

Características

- Tratando-se, como já foi dito, de um instrumento de natureza contratual, o CONVÊNIO segue as mesmas regras que disciplinam a redação do CONTRATO, já expostas neste livro.

- Diferentemente do CONTRATO, no entanto, não cabem no CONVÊNIO, à exceção das testemunhas, a presença de fiadores. Tampouco existe CONVÊNIO unilateral.

- Como a maior parte dos CONVÊNIOS só passa a ter validade após a publicação em diário oficial, é permitido publicá-lo, por motivo de economia, de forma resumida. Nesse caso, divulgam-se, apenas, os elementos essenciais, conforme modelo que será mostrado adiante. O mesmo acontece com os contratos, termos aditivos e outros acordos.

- Partes que constituem a estrutura do CONVÊNIO:

a) título ou termo de convênio, e numeração (se houver):

Convênio ou
Termo de Convênio

b) ementa (resumo do assunto):

Convênio celebrado entre o Ministério da Justiça e o Estado do Paraná para a construção de estabelecimentos penitenciários.

c) texto mencionando data e local, seguidos da indicação dos nomes e da qualificação dos convenentes, bem como a expressão de vontade de firmarem o compromisso:

Aos ... dias do mês ... do ano ..., o Ministério da Justiça, denominado neste ato, apenas, MINISTÉRIO, representado pelo seu Secretário-Executivo, Fulano de Tal, e o Governo do Paraná, denominado neste ato, apenas, GOVERNO, representado pelo seu Secretário de Interior e Justiça, Beltrano de Tal, reuniram-se na Sala de Atos do Ministério da Justiça, na Esplanada dos Ministérios, em Brasília, DF, a fim de celebrar o presente Convênio que se regerá pelas seguintes cláusulas:

d) *cláusulas* distribuídas em parágrafos numerados em que se estabelecem as condições e os requisitos do CONVÊNIO:

CLÁUSULA PRIMEIRA – O GOVERNO promoverá, com recursos que lhe forem destinados pelo MINISTÉRIO, as obras necessárias à construção de um estabelecimento penitenciário localizado em...

....

CLÁUSULA OITAVA – Se uma das partes contratantes descumprir qualquer das cláusulas aqui pactuadas, este Convênio ficará rescindido de pleno direito, independentemente de interpelação judicial ou extrajudicial.

e, assim, sucessivamente, até a última cláusula.

e) fecho que tem dizeres semelhantes a este:

E por estarem de acordo, lavram o presente termo que vai assinado pelas partes interessadas e pelas testemunhas abaixo:

f) nomes e assinaturas dos convenentes e testemunhas.

Exemplos

Modelo 1 *Convênio entre dois órgãos públicos*

TERMO DE CONVÊNIO

Convênio celebrado entre o Ministério da Justiça e o Estado do Paraná para a construção de estabelecimentos prisionais.

Aos ... do mês ... de dois mil, o Ministério da Justiça, aqui denominado, apenas, MINISTÉRIO, representado pelo seu

Secretário-Executivo, Fulano de Tal, e o Governo do Paraná, denominado neste ato, apenas, GOVERNO, representado pelo seu Secretário de Interior e Justiça, Beltrano de Tal, reuniram-se no Auditório do Ministério da Justiça, na Esplanada dos Ministérios, em Brasília, DF, a fim de celebrar o presente Convênio que se regerá pelas seguintes cláusulas:

CLÁUSULA PRIMEIRA – O GOVERNO promoverá, com recursos que lhe forem destinados pelo MINISTÉRIO, as obras necessárias à construção de um estabelecimento prisional localizado em ...

CLÁUSULA SEGUNDA – Caberão ao GOVERNO todos os encargos de ...
....

CLÁUSULA OITAVA – Se uma das partes convenentes descumprir qualquer das cláusulas aqui pactuadas, este Convênio ficará rescindido de pleno direito, independentemente de interpelação judicial ou extrajudicial.

CLÁUSULA NONA – Este Convênio entrará em vigor na data de sua publicação no Diário Oficial da União, e terá validade pelo prazo de ... anos, podendo ser prorrogado ...

CLÁUSULA DÉCIMA – Fica eleito o foro de Brasília, DF, para dirimir quaisquer dúvidas...

E por estarem, assim, acordados, MINISTÉRIO e GOVERNO, juntamente com duas testemunhas, firmam o presente Termo, em ... vias de igual teor e para um só efeito.

Brasília, ... de ... de ...

(Seguem-se os nomes e cargos dos signatários com respectivas assinaturas.)

Texto apresentado com supressão de cláusulas, por ser documento extenso.

Modelo 2 *Resumo de convênio para publicação* (com omissão de n.ᵒˢ de CPF)

PRESIDÊNCIA DA REPÚBLICA
Conselho de Governo
Câmara de Políticas Regionais
Secretaria Especial de Políticas Regionais
Extrato de Convênio nº 14/99

Processo nº 03900.0009.49/99-68. **Convenentes:** A União através da Secretaria Especial de Políticas Regionais, CGC 00.489.828/0005-89, e o Município de São João do Sabugi, no Estado do Rio Grande do Norte, CGC 08.095.960/0001-94. **Objeto:** Reconstrução de casas conforme o Plano de Trabalho anexo a este Convênio. **Dos Recursos:** no valor de R$100.000,00 (cem mil reais) no presente exercício, à custa de dotação consignada ao CONCEDENTE, através da Lei nº 9.798, de 23.02.99, **UG** 201012 **Gestão** 0001 Tesouro, no **Subprojeto** – 47101.15.081.0178.2219.0004 – Ações de Defesa Civil, Elemento de Despesa 3440.41 – Fonte 0100, objeto da **Nota de Empenho:** 1999NE000059, de 13.07.99, com a contrapartida do CONVENENTE, no valor de R$ 1.500,00 (um mil e quinhentos reais), perfazendo um total de R$ 101.500,00 (cento e um mil e quinhentos reais). **Etapas e Fases** conforme folha 2/3 do Plano de Trabalho, Anexo a este Convênio. **Vigência:** a partir da data de liberação de recursos vigorará por 150 (cento e cinqüenta) dias, incluído o prazo de 60 (sessenta) dias para a prestação de contas. **Data e Assinatura:** 14.07.99. Ovídio Antônio de Ângelis – Secretário Especial de Políticas Regionais, CPF nº ... Aníbal Pereira de Araújo – Prefeito Municipal, CPF nº ...

DOU de 15/07/99

CONVITE

Todos sabemos o que é um convite. Sem dúvida, já os recebemos ou enviamos. Aqui, vamos tratar, tão-somente, daquele tipo de convite que temos de redigir com atenção, a fim de não cometer impropriedades.

Há modalidades de convite que requerem o cumprimento de certas formalidades e o emprego de determinados dizeres em sua apresentação. Desses, o convite de casamento é o mais comum.

Ingressos para certos espetáculos também se chamam convites.

Certos convites, utilizados em ocasiões que obedecem a cerimonial próprio, contêm indicações expressas sobre traje, horário para a chegada dos convidados, além da solicitação de confirmar, com antecedência estabelecida, o comparecimento, ou não, à cerimônia. São utilizados para recepções e solenidades em que estarão presentes altas autoridades ou dignitários de governo, nacionais ou estrangeiros.

Nesses convites, é de praxe o uso, na parte inferior direita, das letras *R.S.V.P.* (iniciais da frase francesa *Répondez s' il vous plaît*), que significam "tenha a bondade de responder". Ou seja, confirme se irá, ou não, comparecer.

Conceituação

CONVITE é um instrumento de comunicação escrita por meio do qual se chama, convoca ou solicita o comparecimento de alguém a algum local, em horário marcado, e com finalidade determinada.

Características

- Grande número de órgãos e empresas têm modelos já impressos de CONVITE, bastando, apenas, preenchê-los adequadamente nas diversas oportunidades de utilização.

- A redação normalmente limita-se a dizer o essencial, ou seja,

    a) nome do órgão, instituição ou pessoa(s) que convida(m);
    b) formulação do convite;
    c) nome do(s) convidado(s);
    d) indicação do evento;
    e) dia, hora e local em que o evento ocorrerá.

Nos CONVITES para cerimônias de casamento, formatura e outros do gênero, o nome do(s) convidado(s) só consta do sobrescrito do envelope.

Exemplos

Modelo 1 *Convite para reunião de Conselho, sob a forma de carta*

(papel timbrado)

(tipo e número)   (local e data)

Prezado Senhor,

Temos a satisfação de convidar Vossa Senhoria para assistir à XXX Reunião Ordinária do Conselho Diretor da Fundação

..., com caráter solene ante a passagem dos 35 anos desta instituição, que será realizada no próximo dia ..., quinta-feira, às 17 horas, na Sala de Atos, à Av. ..., desta cidade.

Na ocasião, o Presidente da Fundação, Dr. Fulano de Tal, agraciará os ex-conselheiros desta Casa com a Medalha Comemorativa dos 35 anos da instituição, entre os quais se inclui Vossa Senhoria.

Em anexo, estamos enviando a pauta da Reunião, agradecendo, desde já, a confirmação de sua presença pelos telefones ..., ... e ...

Aproveitamos o ensejo para reiterar a Vossa Senhoria nossos protestos de apreço e consideração.

     Atenciosamente,

     (assinatura)
     (nome e
     cargo)

Ao Senhor
Fulano de Tal
(cargo ou função, se for o caso)
(o endereço é dispensável, pois constará do envelope)

Na realidade, esse tipo de convite tem a forma de carta ou ofício.

Modelo 2 *Convite oficial revestido de formalidade*

(cartão com as armas da República)

O Ministro de Estado da Educação e do Desporto, Doutor Fulano de Tal, tem a honra de convidar Vossa Excelência para a solenidade comemorativa dos Quinhentos anos do descobrimento do Brasil.

Auditório do Ministério das Relações Exteriores, Brasília, DF, dia 22 de abril de 2000, às 19 horas.

R.S.V.P.
Telefones 0000000 e 1111111

Pode acompanhar esse Convite um pequeno cartão com os seguintes dizeres impressos:

Tendo em vista a presença de Sua Excelência
o Senhor Presidente da República, roga-se que os
convidados compareçam 30 minutos antes da hora marcada.

CONVOCAÇÃO

Convocação é o mesmo que chamamento, convite, solicitação para comparecimento. É sinônimo de vocação, que, por sua vez, além de significar chamamento, tem o sentido de aptidão, tendência: vocação para médico, vendedor, artista. A palavra convocar também tem o sentido de reunir, juntar:

O Diretor convocou (reuniu) todos os funcionários de sua área para discutir a portaria do Presidente do órgão.

No âmbito profissional, a convocação, como dissemos acima, é um chamado, um convite escrito para comparecimento, conforme se apresenta a seguir.

Conceituação

CONVOCAÇÃO é um documento em que é solicitada a presença de alguém em determinado local, com data, hora e finalidade determinadas, para participar de reunião ou evento, prestar esclarecimento, depoimento, serviço. O não-comparecimento deve ser justificado.

Características

- Embora CONVOCAÇÃO e CONVITE guardem grande semelhança entre si, pois ambos os documentos solicitam o comparecimento de alguém a algum lugar, o CONVITE não tem o caráter de obrigatoriedade, e, muitas vezes, até de intimação, como, em certos casos, ocorre com a CONVOCAÇÃO. O não-atendimento ao CONVITE não implica, na maioria das vezes, sequer, explicação, embora seja correta e indicada uma justificativa sobre a ausência.

- A CONVOCAÇÃO de um cidadão para fazer parte do corpo de jurados, assim como a CONVOCAÇÃO de determinada classe etária masculina para prestação de serviço militar, são intimações cujo descumprimento implica punição.

- Quem é convocado por autoridade competente para prestar depoimento também pode estar sujeito a sanções, na hipótese de não comparecer e de não se justificar adequadamente.

- Quanto ao formato da CONVOCAÇÃO, tanto pode ser usado o modelo de Edital, quando publicado em jornais, quanto o de OFÍCIO. Nesse último caso, endereça-se à(s) pessoa(s) convocada(s) (v. EDITAL e OFÍCIO).

Exemplos

Modelo 1 *Convocação de candidatos aprovados em concurso público*

CONVOCAÇÃO

Ficam convocados a comparecer nos próximos dias 5 (cinco), 6 (seis) e 7 (sete) de março de 2000, à Secretaria de Administração – Setor de Recursos Humanos, do Governo do Estado de Mato Grosso do Sul, com endereço na Av. Pantanal, 2000, desta cidade, no horário de 8h às 17h (oito às dezessete horas), os candidatos aprovados no Concurso Público de seleção para a carreira de Oficial Administrativo, cujos nomes foram divulgados no Diário Oficial do Estado, edição do dia 10 de fevereiro de 2000, portando a Cédula de Identidade (RG) e o Cartão de Inscrição, a fim de se habilitarem ao competente processo de admissão.

Campo Grande, em 15 de fevereiro de 2000.

(nome e assinatura)

Diretor de Recursos Humanos

Modelo 2 *Convocação para prestação de depoimento*

(papel timbrado do órgão expedidor)

Of. n°. ...   (local e data)

Senhor Fulano de Tal,

Na qualidade de Presidente da Comissão de Inquérito, instituída pelo Sr. Presidente deste órgão, pela Portaria n°. ... de ..., destinada a apurar responsabilidades relativas ao extravio de documentos constantes do processo de investigação relativo a remessa ilegal de dinheiro para contas bancárias no exterior, estou convocando V. Sa. a fim de prestar informações e esclarecimentos, no próximo dia .../.../..., às ... horas, na sala n°. 16 da Procuradoria Jurídica deste órgão. (Fornecer endereço completo.)

(assinatura)

(nome e
cargo)

CURRICULUM VITAE

O *curriculum vitae*, antes de mais nada, é uma carta de apresentação sem destinatário expresso. Contém dados importantes a respeito de seu titular e será encaminhado ou entregue pessoalmente a algum ou alguns destinatários, geralmente naquela hora difícil em que o profissional está batalhando por um lugar no mercado de trabalho ou pleiteando alguma ascensão funcional.

Se você está precisando preparar ou atualizar o que já possui, vale a pena tomar alguns cuidados ao redigi-lo, pois o *curriculum vitae* tanto é capaz de abrir portas, se for bem elaborado, como pode fechá-las, sem possibilidades de reabertura.

Durante muito tempo, predominou a idéia de que o *curriculum vitae* tinha de ser um documento detalhado, rico em dados pessoais no qual se colocavam muitas informações sobre atos e fatos relativos a seu titular, na suposição de que isso impressionaria quem fosse examiná-lo.

Atualmente, na luta ferrenha da competição, são outras as exigências. E, por isso, passou a ser, também, outra a orientação para que seja elaborado um *curriculum vitae* compatível com as imposições do mercado de trabalho.

Conceituação

CURRICULUM VITAE, em sua forma latina, ou, simplesmente, CURRÍCULO, como já está sendo chamado em português, é um documento em que devem constar dados e informações pessoais e profissionais de alguém que quer se apresentar e dizer quem é, o que sabe fazer e a experiência que já adquiriu. Tem por objetivo qualificar seu titular perante empresa, órgão público ou instituição de outra natureza, a fim de contratá-lo, promovê-lo ou prestigiá-lo profissionalmente.

Características

- Existem dois tipos básicos de CURRÍCULO, dependendo de sua destinação: a) o que pode ser qualificado de acadêmico, por voltar-se para a área universitária e para as atividades de cultura, de uma maneira geral, e b) aquele que diz respeito à maioria dos profissionais, quer da empresa privada, quer do serviço público ou a quantos pretendam ingressar nessas áreas de trabalho.

- Embora ambos cumpram a mesma finalidade, qual seja, a de exibir a qualificação de seus portadores, é preciso entender que o volume e o tipo de informações é diferente em cada um deles.

- Até pouco tempo, o CURRÍCULO era a descrição, tanto quanto possível, pormenorizada dos atos e fatos que compunham a vida pessoal e profissional de alguém. Trazia muitas informações sobre dados de seu portador, listagem detalhada de cursos, palestras e seminários de aperfeiçoamento de que participou, como autor ou como ouvinte, além de outras.

- No CURRÍCULO acadêmico, compreende-se que se apresente um número maior de referências a titulações, bem como a participação em atividades culturais. Isso poderá atribuir a seu portador pontuação mais elevada em seleção ou avaliação de competência.

- Hoje em dia, em decorrência do nível de competição acirrada no mercado de trabalho, o CURRÍCULO passou a apresentar um formato enxuto e objetivo.
Não faz mais sentido o relato alongado de informações que, por si próprias, nada acrescentam à qualificação do titular.

Quem é portador de curso universitário não precisa perder tempo descrevendo toda sua preparação anterior, em instituições de primeiro e segundo graus.

- Atualmente, o que vale e dá prestígio a um CURRÍCULO profissional é, acima de tudo, a competência efetivamente demonstrada nas realizações e nos resultados positivos alcançados por seu portador nas atividades por ele exercidas.
  Não se pode perder de vista que o CURRÍCULO existe para ser lido e avaliado por terceiros, de quem o titular interessado pretende despertar a atenção e a apreciação positiva.

- Daí, a importância de redigi-lo com *clareza, objetividade, concisão, ordenamento lógico nas informações, correção gramatical e boa apresentação gráfica, não necessariamente sofisticada.*

- É importante advertir que um CURRÍCULO com apenas duas ou três páginas predispõe favoravelmente a quem vai analisá-lo. Se, além disso, possuir a maioria das características acima relacionadas, certamente despertará o interesse da empresa em entrevistar seu titular, primeiro passo para a contratação desejada. Não ocorrerá, como a tantos outros, que, por serem extensos, sequer são lidos.

- CURRÍCULO que procure adaptar-se às atuais exigências do mercado de trabalho terá que se limitar a poucos itens informativos, na seguinte seqüência:

    a) nome, idade, estado civil, endereço e telefone(s);
    b) formação;
    c) experiência profissional;
    d) outras informações;
    e) local e data.

Os dados que vão constar das letras "b" e "c" devem ser apresentados em ordem decrescente, do mais recente para o primeiro.

- Recomenda-se não colocar números de documentos de identidade, como CIC, RG, título de eleitor, carteira de trabalho. Não se devem juntar suas cópias e, tampouco, assinar o CURRÍCULO.

Exemplos

Modelo 1 *Currículo profissional*

CURRICULUM VITAE
ou
CURRÍCULO

Identificação

Nome:
Estado civil:
Idade:
Endereço:
Telefone(s):

Formação

1990 – 1992 Mestrado em Administração de Recursos Humanos na Universidade de São Paulo – USP.
1985 – 1989 Curso de Bacharel em Economia pela Universidade Católica de Pernambuco – UNICAP, Recife.

Experiência profissional

1995 – 1997 ESQUADRIAS DE ALUMÍNIO DOMUS
Chefe de Pessoal e Material

– Seleção – Recrutamento – Pagamento – Obrigações sociais – Treinamento.
– Aquisição de material – Conservação e reparos

No tocante a Pessoal, o portador do CURRÍCULO deve informar, por exemplo, o número de funcionários que estavam sob sua administração; o volume de gastos que controlava; qual o tipo de treinamento que proporcionava. É fundamental referir-se a providências que haja tomado, tais como racionalização de tarefas, fusão de setores, redistribuição de funcionários e eliminação de ações ou procedimentos desnecessários. Caso tenha havido redução de despesas, deverá fazer constar o valor obtido e a economia resultante na folha de pagamento mensal e, por conseqüência, em outras contas.

Quanto a Material, podem ser destacadas, entre outras, as medidas tomadas visando a uma mais rigorosa seleção de fornecedores da empresa; maior controle das tomadas de preço e licitações de compra; modernização do processo de fichário e arquivamento. Cabe dizer também das vantagens obtidas com tais providências.

1993 – 1996 SUPERMERCADO SAFIRA
Gerente de Compras

– Responsável pelas compras de gêneros alimentícios.
– Supervisor administrativo das três granjas produtoras de aves de propriedade do Supermercado.

Aqui cabe, igualmente, registrar os resultados positivos que o portador do CURRÍCULO produziu para a empresa. Deve fornecer dados que de fato sejam relevantes e provoquem impressão favorável em quem o lê.

Outras informações

– Fluência em inglês e francês.
– Experiência em Informática.
– Viagens ao exterior (mencionar os países).

A menção a algum *hobby*, do gosto do titular, se houver, pode fornecer sinais positivos de comportamento relativos ao portador do CURRÍCULO.

Modelo 2 *Currículo acadêmico*

CURRICULUM VITAE
ou
CURRÍCULO

Identificação

Nome:
Estado civil:
Idade:
Endereço:
Telefone(s):

Formação

Títulos universitários:

1999 – Mestrado em ... pela Universidade ...
1994 – Licenciatura em ...

Experiência profissional

a) Atividades docentes (listar cursos ministrados, instituições e datas, sempre em ordem decrescente).

b) Encargos universitários (relacionar trabalhos desempenhados em Comissões, como coordenador ou membro integrante; cargos de chefia, etc.).

c) Publicações (relacionar livros, dissertações, monografias, artigos de sua autoria, indicando título, local de publicação, editora).

d) Conferências proferidas (indicar data, título, evento, instituição, local).

e) Congressos e seminários (indicar data, nome do evento, instituição, local, participação como conferencista, debatedor, ouvinte, etc.).

f) Atividades relativas à docência (mencionar trabalhos de consultoria, peritagem, colaborações diversas, indicando data, tipo de atividade, instituição, local).

Outras informações (referir-se a outros elementos de sua formação como, por exemplo, fluência em línguas, experiência em Informática, etc.).

DECLARAÇÃO

Entre outras acepções, declaração significa pronunciamento, explicação, esclarecimento, exposição, manifestação. Também é sinônimo de depoimento.

Quando alguém é chamado para prestar declaração, o que se pretende dele é que informe tudo o que sabe acerca de determinado assunto, ou seja, que dê seu depoimento sobre algo de que tem conhecimento.

A declaração de renda e de bens, por exemplo, apresentada anualmente perante a Receita Federal, em sua essência, é uma informação que prestamos ao órgão federal arrecadador, mas que está sujeita a regras e modelos próprios.

Aqui, trataremos da declaração como documento que se assemelha ao atestado.

Conceituação

Dá-se o nome de DECLARAÇÃO ao documento em que se afirma ou nega alguma coisa a respeito de determinado assunto. É emitida por pessoa física, por órgão público e por empresa ou instituição privada. A DECLARAÇÃO também pode ser expressa verbalmente.

Características

- Conforme foi dito acima, DECLARAÇÃO e ATESTADO são documentos muito semelhantes, com a mesma estrutura de redação. Diferem, apenas, no seguinte: enquanto o ATESTADO costuma ser expedido em favor de alguém, a DECLARAÇÃO é feita em relação a alguém, podendo ou não ser-lhe favorável.

- A estrutura da DECLARAÇÃO é praticamente igual à do ATESTADO:

   a) título, isto é, a palavra DECLARAÇÃO, em maiúsculas;
   b) nome e identificação de quem emite (que também podem ser expressos no final, após a assinatura) e da pessoa ou órgão que solicita;
   c) texto, sempre sucinto, claro e preciso, contendo aquilo que está sendo declarado como verdadeiro, afirmando ou negando alguma coisa;
   d) assinatura, nome e cargo ou função de quem atesta.

- O papel em que é lavrada a DECLARAÇÃO deve conter o timbre ou carimbo do órgão público ou da empresa que a expede, salvo se o declarante for pessoa física. Nesse caso, costuma-se exigir número da identidade (RG) e do cartão de identificação do contribuinte (CIC), além do reconhecimento da firma em cartório.

- É de uso corrente a publicação em jornais ou a leitura em emissoras de rádio e televisão de DECLARAÇÃO emitida por pessoa(s) física(s), órgãos públicos, empresas e instituições. Equivale ao COMUNICADO. Os títulos mais usuais são: "Declaração", "Declaração à praça" , "A quem possa interessar".
Existem também outras modalidades de DECLARAÇÃO que não fazem parte do objetivo deste livro.
No sentido de manifestação pública de princípios, via de regra, expressa por organismos colegiados, temos um bom exemplo na "Declaração Universal dos Direitos do Homem".
A declaração de guerra, por sua vez, é a manifestação pública e expressa, por parte de um governo soberano, do sentimento de hostilidade para com outro(s), e da conseqüente tomada de medidas e da prática de ações bélicas, dele decorrentes.

Ela segue modelos e ritos peculiares que são definidos pelo Direito Internacional Público.

Têm formatos próprios, também, a "declaração de vontade", a "declaração de falência", e outras mais, que fogem ao propósito deste livro.

Exemplos

Modelo 1 *Declaração emitida por órgão público*

(papel timbrado)

UNIVERSIDADE FEDERAL DA PARAÍBA

CENTRO DE CIÊNCIAS HUMANAS, LETRAS E ARTES

COORDENAÇÃO DO CURSO DE HISTÓRIA

DECLARAÇÃO

DECLARO, para os devidos fins, que FULANO DE TAL, matrícula ..., é aluno regularmente matriculado junto a este Curso de Licenciatura Plena em História, em que deverá cursar as seguintes disciplinas: Introdução à Psicologia, Pré-história, História antiga I, Introdução ao estudo da História e Antropologia.

Coordenação do Curso de Licenciatura Plena em História

Campus I, João Pessoa, em 3 de junho de 2000

(assinatura)
(nome e
cargo do declarante)

Modelo 2 *Declaração emitida por pessoa física*

DECLARAÇÃO

A QUEM POSSA INTERESSAR

FULANO DE TAL, brasileiro, casado, funcionário público, portador do RG ... e do CIC ..., filho de ... e de ..., nascido na cidade de Florianópolis, SC, em .../.../..., residente e domiciliado na Rua ..., n.º ..., desta capital, vem de público DECLARAR, a quem possa interessar, que 3 (três) títulos protestados, nos meses de fevereiro e março do corrente ano, não são de sua responsabilidade, e, sim, de um seu homônimo que reside na Rua ..., n.º ..., do bairro ..., desta cidade, do que já está fazendo a competente prova, para fins de baixa, junto ao Segundo Cartório de Protestos, com endereço na Rua ..., n.º ..., também desta cidade.

Florianópolis, 2 de maio de 2000.

(assinatura)

EDITAL

A palavra edital provém de *edictum*, que no latim significa ordem, ordenação, intimação a uma ordem.

O *Novo dicionário Aurélio* registra: edito, parte de lei em que se preceitua alguma coisa; mandato, decreto, ordem; édito, ordem judicial publicada por anúncios ou editais; edital, ato escrito oficial em que há determinação, aviso, postura, citação, e que se afixa em lugares públicos ou que se anuncia na imprensa, para conhecimento geral, ou de alguns interessados, ou, ainda, de determinada pessoa cujo destino se ignora.

Em sentido amplo, edital é um documento que se divulga para dar ciência de determinado assunto a uma só pessoa ou a muitas, que nele tenham interesse.

Conceituação

EDITAL é um ato escrito, contendo uma informação ou uma convocação, que se publica na imprensa ou se afixa em lugar visível, para que ninguém, direta ou indiretamente interessado, possa alegar o desconhecimento de sua mensagem.

Características

- O EDITAL sempre resulta de uma imposição legal ou regulamentar.

- No campo do Direito, é freqüente o EDITAL que decorre de uma exigência processual, tais como os que se destinam à venda de bens de menores; ao leilão de bens em hasta pública (edital de praça); à citação e/ou intimação de pessoas não encontradas ou não conhecidas; à divulgação de casamentos (proclamas), entre outros.

- No serviço público, o EDITAL é utilizado para divulgar a abertura de concorrência para construção de obras; prestação de serviços; compra ou venda de materiais; abertura de concurso para provimento de cargos; convocação de pessoas.

- Embora seja, por natureza, um ato peculiar do serviço público, a área privada também utiliza o EDITAL em situações que decorrem de legislação específica, como é o caso das sociedades anônimas, dos condomínios e de outras entidades em que o documento tem por objetivo principal convocar acionistas ou membros associados para suas respectivas assembléias.

- O mesmo ocorre com sindicatos profissionais, agremiações de caráter cultural, assim como com condomínios habitacionais, cujas convenções ou regulamentos estabelecem a obrigatoriedade de convocar seus integrantes, por meio de EDITAL, para o comparecimento a suas assembléias.

- Constituem partes essenciais de um EDITAL:

    a) nome do órgão emitente;

    b) a palavra EDITAL em destaque, acompanhada ou não de sua especificação (de concorrência, de convocação, etc.) e da numeração, se houver;

    c) indicação da autoridade que emite e das atribuições que lhe permitem baixar o EDITAL;

    d) texto contendo o assunto objeto do documento, distribuído em parágrafos, se for o caso, e que, se forem vários, deverão ser numerados com algarismos arábicos;

    e) local e data;

    f) assinatura e nome do emitente.

Exemplos

Modelo 1 *Edital de órgão público contendo informações*

UNIVERSIDADE FEDERAL DE RONDÔNIA

EDITAL

O Reitor da Universidade Federal de Rondônia, no uso de suas atribuições e tendo em vista o disposto no art. ..., do Regimento Geral da Universidade, torna público que:
1. Os programas para o concurso vestibular de ... encontram-se à disposição dos interessados na sede da Comissão Permanente de Seleção e Orientação, situada na Rua ..., n.º ..., nesta cidade;
2. As vagas para a matrícula inicial nos cursos da Universidade, no ano de ..., são em número de 550 (quinhentas e cinqüenta);
3. A Universidade reserva-se o direito de ampliar o quantitativo acima referido até a data de publicação do Edital de Abertura de Inscrições, que ocorrerá em 15 de setembro próximo.

Porto Velho, 10 de abril de 2000.

(assinatura e
nome do Reitor)

Modelo 2 *Edital de convocação para assembléia de condomínio*

CONDOMÍNIO DO EDIFÍCIO MAR E SOL
Assembléia Geral Extraordinária

EDITAL DE CONVOCAÇÃO

O Síndico do Condomínio do EDIFÍCIO MAR E SOL, situado na Av. Conselheiro Timóteo de Sá, n.º 301, bairro de Contreiras, desta cidade, no uso de suas atribuições e na forma do Art. 8.º da Convenção, convida a todos os condôminos e demais moradores para a Assembléia Geral Extraordinária que se realizará no próximo dia 5 de junho, às 20 horas, em 1ª Convocação, com 2/3 dos condôminos, ou às 20 horas e trinta minutos, em 2ª e última Convocação, com qualquer número de participantes, a fim de deliberarem sobre a seguinte pauta:
  a) Leitura e aprovação da Ata da Assembléia anterior;
  b) Sorteio das vagas excedentes de garagem, conforme o Art. 12.º do Regimento Interno;
  c) Apreciação das propostas para os serviços de reparo nas instalações hidráulicas do prédio;
  d) Assuntos diversos de interesse do Condomínio.

São Paulo, 20 de maio de 2000.

(assinatura e
nome do Síndico)

ESTATUTO

Derivada de *statutum*, que em latim significa regulamento, sentença, escrito, a palavra portuguesa estatuto manteve o sentido original de regulamento, isto é, conjunto de regras. Assim, estatuto é o que se estatui, se estabelece, se determina.

"De acordo com o Estatuto do Clube X, o sócio só tem direito a trazer dois convidados para qualquer evento promovido pela agremiação, salvo se previamente autorizado, por escrito, pela Diretoria."

Esse é um exemplo, apenas para ilustrar, de dispositivo, ou seja, uma entre muitas regras escritas que podem compor um estatuto de clube, com a finalidade de disciplinar direitos e deveres de seus associados.

Conceituação

ESTATUTO é o documento escrito em que se estabelecem normas e dispositivos necessários ao funcionamento de uma coletividade, associação, confraria, agremiação ou entidade de caráter público ou privado.

Características

- Quando falamos, por exemplo, de funcionário "estatutário", estamos designando aquele que está sujeito a normas contidas em ESTATUTO. Em contraposição ao funcionário "celetista", que é o regido pela CLT - Consolidação das Leis do Trabalho.

- É corrente dizer-se ESTATUTOS, no plural, embora se trate de um documento único.

- Sendo um conjunto de regras e dispositivos, o ESTATUTO segue o formato da redação legislativa, como acontece com o Regulamento, o Regimento, a Convenção, apresentando-se em títulos, capítulos, artigos e demais subdivisões (v. REGIMENTO).

- Embora trate das atividades e da organização de entidades e estabeleça normas reguladoras das relações entre seus integrantes, o ESTATUTO não apresenta feição contratual, mas, sim, a de um pacto entre partes que têm interesses comuns.

- No âmbito do Direito, encontramos diversos tipos de ESTATUTO, em que se acham fixados os princípios jurídicos que regulam as relações entre os integrantes de cada grupo. São exemplos disso o Estatuto dos Funcionários Públicos Civis da União, o Estatuto da Criança e do Adolescente, o Estatuto do Índio, entre outros.

- A Lei 8.112, de 11 de dezembro de 1990, que "dispõe sobre o regime jurídico dos Servidores Públicos Civis da União, das autarquias e das fundações públicas federais", na realidade, estabeleceu um ESTATUTO, já que se trata de palavras sinônimas, significando, no caso, normas e dispositivos reguladores da vida funcional e do desempenho daqueles servidores.

- Quando o ESTATUTO não provém de uma lei, sua criação ou reforma são produzidas por deliberação de assembléias gerais das respectivas instituições, ou por força de convenções, como é o caso dos partidos políticos.

- Por se tratar de um documento extenso, relacionaremos, a seguir, apenas os capítulos e respectivos títulos que compõem a estrutura básica de um ESTATUTO, sem transcrever os artigos e seus desdobramentos.

Exemplo

Modelo único *Esquema de Estatuto social de uma organização não-governamental - ONG*

CENTRO DE VOLUNTÁRIOS *PODER DA VONTADE*

ESTATUTO SOCIAL

CAPÍTULO I
DA DENOMINAÇÃO, SEDE E FORO

CAPÍTULO II
DOS OBJETIVOS DA SOCIEDADE

CAPÍTULO III
DO QUADRO SOCIAL

CAPÍTULO IV
DOS DIREITOS E DEVERES DOS SÓCIOS

CAPÍTULO V
DA ADMINISTRAÇÃO

CAPÍTULO VI
DAS ASSEMBLÉIAS GERAIS

CAPÍTULO VII
DO CONSELHO DELIBERATIVO

CAPÍTULO VIII
DO CONSELHO FISCAL

CAPÍTULO IX
DA DIRETORIA EXECUTIVA

CAPÍTULO X
DA SUSPENSÃO E PERDA DO MANDATO

CAPÍTULO XI
DO PATRIMÔNIO DA SOCIEDADE

CAPÍTULO XII
DAS DISPOSIÇÕES TRANSITÓRIAS

(local, data e assinaturas)

EXPOSIÇÃO DE MOTIVOS

Em nosso dia-a-dia, é muito comum pedir a alguém que explique melhor alguma idéia, plano ou ponto de vista que nos haja interessado. No momento em que a pessoa expõe o que solicitamos, mostra pormenores do que tem em mente e apresenta razões e justificativas, ela está, informalmente, fazendo uma exposição de motivos que tanto pode ser oral como escrita. O documento a que se dá o nome de exposição de motivos possui os elementos básicos contidos na situação que acabamos de considerar. Na prática, porém, ele apresenta características muito especiais e obedece a requisitos peculiares que lhe conferem a formalidade própria da redação oficial.

Conceituação

Em sentido amplo, EXPOSIÇÃO DE MOTIVOS, na essência e no formato, nada mais é do que um ofício em que são apresentadas razões ou justificativas para a tomada de alguma deliberação.

Em sentido restrito, porém, e de acordo com os termos da Instrução Normativa n.º 4, de 6 de março de 1992, do Secretário da Administração Federal, a EXPOSIÇÃO DE MOTIVOS é o expediente dirigido ao Presidente da República para:

a) informá-lo de determinado assunto;

b) propor alguma medida;

c) submeter a sua consideração projeto de ato normativo.

Características

- Em ambos os sentidos, trata-se de documentos peculiares ao serviço público, nada impedindo, todavia, que empresas privadas também utilizem a mesma denominação, ajustando-a a seus interesses e objetivos.

- Diz a referida IN/92: "Em regra, a exposição de motivos é dirigida ao Presidente da República por um Ministro de Estado ou Secretário da Presidência da República. Nos casos em que o assunto tratado envolva mais de um Ministério, a exposição de motivos deverá ser assinada por todos os Ministros afetos ao tema, sendo, por essa razão, chamada de *interministerial* ou *conjunta*."

- Com o sentido restrito mencionado na **Conceituação** acima, a EXPOSIÇÃO DE MOTIVOS apresenta dois formatos de redação:

1. o que se destina apenas a prestar alguma informação ao Presidente da República (letra "a") segue o modelo do "padrão ofício", mas, ao contrário dos demais expedientes que acompanham esse padrão, dele não consta o destinatário (v. OFÍCIO).

2. o que sugere alguma medida (letra "b") ou o que submete projeto de ato normativo (letra "c") –, embora também obedeçam à estrutura do "padrão ofício" –, conforme estabelece a mencionada IN/92, "além de outros comentários julgados pertinentes por seu autor, devem, *obrigatoriamente*, apontar:

 a) na introdução: o problema que está a reclamar a adoção da medida ou do ato normativo proposto;
 b) no desenvolvimento: o porquê de ser aquela medida ou aquele ato normativo o ideal para se solucionar o problema, e eventuais alternativas existentes para equacioná-lo;
 c) na conclusão: novamente, qual medida deve ser tomada ou qual ato normativo deve ser editado para solucionar o problema".

A EXPOSIÇÃO DE MOTIVOS deste item "2", de acordo com a IN/92, deve, ainda, trazer apenso o formulário "Anexo à exposição de motivos", devidamente preenchido conforme o modelo constante do Anexo I (mostraremos adiante, já preenchido, no Modelo 1).

Exemplos

Modelo 1 *Exposição de Motivos solicitando abertura de crédito* (acompanhada do mencionado Anexo I da IN/92)

(papel timbrado)

EM N.º 431/MP

Brasília, 20 de outubro de 1999.

Excelentíssimo Senhor Presidente da República,

Dirijo-me a Vossa Excelência para apresentar solicitação de abertura de crédito suplementar no valor de R$ 702.900,00 (setecentos e dois mil e novecentos reais) em favor da Presidência da República.

2. O crédito proposto visa a permitir a cobertura de despesas relativas a formação e aplicação de políticas bem como à realização de campanhas publicitárias voltadas à divulgação da realidade nacional.

3. A solicitação em pauta justifica-se em função da insuficiência das dotações orçamentárias alocadas ao Gabinete da Presidência da República para o desenvolvimento de tais ações.

4. Os recursos necessários ao atendimento do pleito são oriundos do cancelamento parcial da Reserva de Contingência.

5. O crédito em questão viabilizar-se-á mediante decreto, tendo em vista a autorização contida no art. 6º, inciso I, alínea "b", da Lei nº 9.789, de 23 de fevereiro de 1999, e por estar em conformidade com o disposto no art. 43, § 1º, inciso III, da Lei nº 4.320, de 17 de março de 1964.

6. Ressalte-se, por oportuno, que o Poder Executivo dispõe de até cinco dias, após a publicação do decreto que abre o crédito em tela, para encaminhar cópia do referido ato, acompanhado da respectiva Exposição de Motivos, à Comissão Mista de Planos, Orçamentos Públicos e Fiscalização, do Congresso Nacional, conforme disposto no § 3º, do art. 12, da Lei nº 9.692, de 27 de julho de 1998 (LDO/99).

7. Nessas condições, este Ministério manifesta-se favoravelmente ao atendimento da presente solicitação, razão pela qual submeto à elevada consideração de Vossa Excelência o anexo Projeto de Decreto, que visa a efetivar a abertura do referido crédito suplementar.

Respeitosamente,

(assinatura)

MARTUS TAVARES
Ministro de Estado do
Planejamento, Orçamento e Gestão

ANEXO À EXPOSIÇÃO DE MOTIVOS DO MINISTRO DO PLANEJAMENTO, ORÇAMENTO E GESTÃO Nº 431, DE 20/10/99.

1. Síntese do problema ou da situação que reclama providências:

> Insuficiência de dotações orçamentárias para honrar o pagamento do principal da dívida contratual externa do Ministério da Integração Nacional

2. Solução e providências contidas no ato normativo ou na medida proposta:

> Abertura de crédito suplementar mediante decreto

3. Alternativas existentes às medidas ou atos propostos:

> Esta alternativa é a mais indicada para viabilizar a abertura do crédito

4. Custos:

> R$ 9.723.000,00 (nove milhões, setecentos e vinte e três mil reais)

5. Razões que justificam a urgência:

>

6. Impacto sobre o meio ambiente:

> Não há

7. Alterações propostas (a ser preenchido somente no caso de alterações de Medidas Provisórias):

Texto atual	Texto proposto

8. Síntese do parecer do órgão jurídico:

>

EXPOSIÇÃO DE MOTIVOS

No Diário do Senado Federal, de 30 de outubro de 1999, consta a seguinte publicação: a) Mensagem n? 1557, de 1999-CN do Presidente da República, datada de 26 de outubro de 1999, dirigida ao Senado Federal, encaminhando cópia do b) Decreto n? de 22 de outubro de 1999, publicado no DOU de 25 de outubro de 1999, e respectiva Exposição de Motivos do Ministro de Estado do Planejamento, Orçamento e Gestão (que acabamos de transcrever).

Modelo 2 *Exposição de Motivos de caráter informativo*
(Anexo III da IN/92)

EM n? 146/MRE

Brasília, 24 de maio de 1991.

Excelentíssimo Senhor Presidente da República,

O Presidente George Bush anunciou, no último dia 13, significativa mudança da posição norte-americana nas negociações que se realizam – na Conferência do Desarmamento, em Genebra – de uma convenção multilateral de proscrição total das armas químicas. Ao renunciar à manutenção de cerca de dois por cento de seu arsenal químico, os Estados Unidos reaproximaram sua postura da maioria dos quarenta países participantes do processo negociador, inclusive o Brasil, abrindo possibilidades concretas de que o tratado venha a ser concluído e assinado em prazo de cerca de um ano. (...)

Respeitosamente,

(assinatura)
(nome e
cargo do signatário)

LAUDO

No latim, *laudo* (de *laudare*, louvar) quer dizer "louvo", "aplaudo", "elogio", "aprovo". Quando dizemos "eu me louvo em Fulano", queremos afirmar que nos baseamos no peso de sua opinião.

Com o tempo, laudo entrou na classe de substantivo e passou a significar "opinião", "parecer". Mais ainda: parecer de especialista em determinado assunto.

Conceituação

LAUDO é um instrumento técnico em que especialistas de área científica ou técnica, isoladamente ou reunidos em grupo ou comissão, emitem parecer sobre determinado assunto. Por outras palavras, trata-se de documento em que perito(s) expõe(m) opinião conclusiva, após estudos feitos sobre determinado assunto que lhe(s) foi submetido para apreciação.

Características

- Na realidade, LAUDO é um PARECER. Ambos são utilizados para servir de base à elucidação ou decisão de algum assunto (v. PARECER).

- A redação do LAUDO apresenta:

    a) considerações gerais;

b) análise e apreciação do assunto dado;
c) resposta aos quesitos formulados, quando houver;
d) conclusão;
e) encerramento, seguindo-se local, data e a(s) competente(s) assinatura(s).

Exemplo

Modelo único *Laudo de avaliação de imóvel*

(papel timbrado)

PERITAGEM E AVALIAÇÃO LTDA.

Laudo nº AI/00

Ementa: Avaliação de imóvel para fins de loteamento urbano

A fim de atender à solicitação da Prefeitura de Limeira, SP, objeto do Ofício GP/..., firmado pelo Diretor de Obras e Fiscalização daquele órgão, e datado de 26 de agosto de 1998, foram designados os senhores Fulano e Beltrano, técnicos desta empresa, a fim de procederem à avaliação do terreno pertencente ao citado município, e localizado à margem da SP 000, na altura do km 00, cujo resultado a seguir se expõe:

1. O terreno tem configuração irregular e ocupa uma área de aproximadamente 00.000 m² (tantos mil metros quadrados), dos quais cerca de 1.500 m² estão cobertos por um bosque de eucaliptos adultos, cujo valor deverá ser estimado por especialistas em comércio madeireiro, cabendo, antes, obter a vistoria do IBAMA, para a competente autorização do eventual abate das referidas árvores.

2. O valor da avaliação atribuído ao terreno pelos referidos profissionais é de R$ 000.000,00 (tantos mil reais), não estando nele computado o lucro que poderá ser obtido com a venda dos eucaliptos.
3. Em anexo, encontram-se as plantas e os levantamentos contendo detalhes da medição efetuada, para melhor apreciação e julgamento dos interessados.

Campinas, 13 de março de 2000.

(assinatura e
nome do gerente)

Peritos avaliadores (assinaturas e nomes dos dois peritos)

MEMORANDO

A palavra memorando (com freqüência, abreviada para "memo") resulta de uma adaptação do termo latino *memorandum*, cujo significado é: "o que deve ser lembrado". Com esse sentido, o memorando transformou-se, de simples papel contendo um lembrete, em documento utilizado como instrumento rotineiro de comunicação dentro das empresas e dos órgãos públicos.

Conceituação

Mais empregado na administração pública, o MEMORANDO está definido pela já citada Instrução Normativa n.º 4, de 6 de março de 1992 (IN/92), como sendo "uma modalidade de comunicação entre unidades administrativas de um mesmo órgão, que podem estar hierarquicamente em mesmo nível ou em nível diferente. Trata-se, portanto, de uma forma de comunicação eminentemente interna a determinado órgão do Governo".

Características

- No serviço público, MEMORANDO é uma correspondência concisa que visa à comunicação simples e ágil entre diretores e chefes de serviço ou de setor. Para a rapidez de sua tramitação, os despachos, em geral, são dados no próprio documento, usando-se, na falta de espaço, folha de continuação.

- Na área privada, o MEMORANDO também tem por objetivo a rapidez da comunicação e é usado entre empresas ou entre seus próprios departamentos e filiais.

- Do MEMORANDO constam (conforme se lê no Anexo VI da mencionada IN/92):

a) número do documento e sigla de identificação de sua origem (ambas as informações devem figurar na margem esquerda superior do expediente):

Memorando n.º 19/DJ (*n.º do documento: 19; órgão de origem: Departamento Jurídico*)

b) data (deve figurar na mesma linha do número e identificação do memorando):

Memorando n.º 19/DJ   Em 12 de abril de 2000.

c) destinatário do memorando (no alto da comunicação, depois dos itens "a" e "b" acima indicados), que é mencionado pelo cargo que ocupa:

Ao Sr. Chefe do Departamento de Administração

d) assunto: resumo do teor da comunicação datilografado em espaço *um*:

Assunto: Administração. Instalação de microcomputadores.

e) texto desenvolvido do teor da comunicação. O corpo do texto deve ser iniciado quatro centímetros ou quatro espaços duplos (espaço dois) verticais abaixo do item *assunto*, e datilografado em espaço duplo.

- Todos os parágrafos devem ser numerados, na margem esquerda do corpo do texto, excetuados o primeiro e o fecho. Esse procedimento facilita eventuais remissões a passagens específicas, em despachos ou em respostas à comunicação original.

f) fecho:

Atenciosamente, (para autoridades de mesma hierarquia ou de hierarquia inferior);
Respeitosamente, (para autoridades superiores).

g) nome e cargo do signatário da comunicação: quatro centímetros ou quatro espaços duplos (espaço dois) verticais após o fecho.

- Habitualmente, o MEMORANDO é redigido em papel timbrado, no formato meio-ofício, já que deve conter mensagem curta.

- Na empresa privada, o MEMORANDO apresenta as mesmas características e finalidades do serviço público, não estando obrigado, obviamente, a seguir o formato estabelecido pela IN/92. É usual o emprego de formulários impressos, com campo reservado para a mensagem, visando à praticidade e à rapidez.

- Quando o MEMORANDO se destina ao âmbito do próprio órgão ou empresa emitente, é também chamado de *comunicação* ou *papeleta*. Nos demais casos, apenas *memorando* ou *memorando externo*.

Exemplos

Modelo 1 *Solicita instalação de microcomputadores*
(Anexo VI – IN/92)

Memorando n.º 19/DJ   Em 12 de abril de 1991.

Ao Sr. Chefe do Departamento de Administração
Assunto: Administração. Instalação de microcomputadores.

Nos termos do "Plano Geral de Informatização", solicito a Vossa Senhoria verificar a possibilidade de que sejam instalados três computadores neste Departamento.
2. Sem descer a maiores detalhes técnicos, acrescento, apenas, que o ideal seria que o equipamento fosse dotado de "disco rígido" e de monitor padrão "EGA". Quanto a programas, haveria necessidade de dois tipos: um "processador de textos" e um "gerenciador de banco de dados".
3. O treinamento de pessoal para operação dos micros poderia ficar a cargo da Seção de Treinamento do Departamento de Modernização, cuja chefia já manifestou seu acordo a respeito.
4. Devo mencionar, por fim, que a informatização dos trabalhos deste Departamento ensejará uma mais racional distribuição de tarefas entre os servidores e, sobretudo, uma melhoria na qualidade dos serviços prestados.

Atenciosamente,

(assinatura)

(nome e
cargo do signatário)

Modelo 2 *Memorando empresarial interno*

SP/29

DE: Chefe do Setor de Pessoal

PARA: Chefe do Setor de Almoxarifado

De acordo com entendimento telefônico já mantido, reafirmo que a entrega do material de escritório para este Setor deverá ser feita nas segundas, quartas e sextas-feiras de cada mês. Na hipótese de entrega excepcional, essa Chefia será informada por escrito e em tempo hábil.

Rio de Janeiro, 7 de março de 2000.

(assinatura e

nome do chefe que emite)

OFÍCIO

O ofício é, sem dúvida, a comunicação escrita mais usual nos órgãos públicos. A palavra ofício é empregada com diversos significados, tais como: ocupação; trabalho especializado; incumbência; missão; cerimônia religiosa; cartório; tabelionato; favor; préstimo.
Na verdade, pode ser comparado a uma carta com finalidades e características especiais, conforme será apresentado.

Conceituação

OFÍCIO é o instrumento habitual de comunicação escrita e formal utilizado por autoridades da administração pública, entre si ou para particulares. Poderíamos simplificar dizendo que é a carta do serviço público, já que o formato é o mesmo.

Características

- O OFÍCIO é, portanto, um documento de caráter oficial. A rigor, não é adequado, embora bastante comum, dar o nome de ofício às cartas emitidas por instituições civis, comerciais, religiosas, culturais, políticas, entre outras, por adotarem, com freqüência, modelo semelhante.

- O papel em que é redigido deve conter timbre, símbolo, armas ou, apenas, carimbo do órgão público que o expede.

- A Secretaria da Administração Federal, mediante a Instrução Normativa n.º 4, de 6 de março de 1992, estabeleceu uma diagramação única, a que denominou "padrão ofício", com o fim de uniformizar a redação da *exposição de motivos*, do *aviso* e do *ofício*, já que tais instrumentos de comunicação oficial diferem, apenas, na finalidade.

- Os três documentos devem conter as seguintes partes, de acordo, textualmente, com a referida Instrução:

    a) tipo e número do expediente, no alto da folha, à esquerda, seguidos da sigla do órgão que o expede: EM n.º 123/MEEP; Aviso n.º 123/SG ou Ofício n.º 123/DP;

    b) local e data em que foi redigido, datilografado por extenso, com alinhamento à direita: Brasília, 15 de março de 1991, ou em 15 de março de 1991;

    c) vocativo, que invoca o destinatário, seguido de vírgula: Excelentíssimo Senhor Presidente da República, Senhor Ministro, Senhor Chefe de Gabinete;

    d) texto que, nos casos em que não for de mero encaminhamento de documento, deve apresentar em sua estrutura:

– *introdução*, que se confunde com o parágrafo de abertura, na qual é apresentado o assunto que motiva a comunicação. Deve ser evitado o uso de frases feitas para iniciar o texto.

> No lugar de "Tenho a honra de", "Tenho o prazer de", "Cumpre-me informar que", empregue a forma direta: "Informo Vossa Excelência de que", "Submeto à apreciação de Vossa Excelência", "Encaminho a Vossa Senhoria".

– *desenvolvimento*, no qual o assunto é detalhado. Se o texto contiver mais de uma idéia sobre o assunto, elas devem ser tratadas em parágrafos distintos, o que confere maior clareza à exposição; e

– *conclusão*, em que é reafirmada ou simplesmente reapresentada a posição recomendada sobre o assunto. No texto, à exceção do primeiro parágrafo e do fecho, todos os demais parágrafos devem ser numerados, como maneira de facilitar a remissão;

e) fecho, que possui, nas comunicações oficiais, além da finalidade óbvia de marcar o fim do texto, a de saudar o destinatário;

Os modelos para fecho que vinham sendo utilizados foram regulados pela Portaria n? 1 do Ministério da Justiça, de julho de 1937, que estabelecia cerca de quinze padrões diferentes. Com o fim de simplificá-los, a Instrução Normativa de 1992, ainda em vigor, estabelece o emprego de somente dois fechos diferentes para todas as modalidades de comunicação oficial: *a)* para autoridades superiores, inclusive o Presidente da República: *Respeitosamente*; *b)* para autoridades de mesma hierarquia ou de hierarquia inferior: *Atenciosamente*. Ficam excluídas dessa fórmula as comunicações dirigidas a autoridades estrangeiras, que atendem a rito e tradição próprios.

f) assinatura do autor da comunicação;

g) identificação do signatário.

Excluídas as comunicações assinadas pelo Presidente da República, todas as demais comunicações oficiais devem trazer datilografados o nome e o cargo da autoridade que as expede, abaixo do local de sua assinatura.

• Ainda, na conformidade do que dispõe a Instrução Normativa, a mencionada diagramação proposta para exposição de motivos, aviso e ofício deve ser a seguinte:

a) margem esquerda: a 2,5 cm ou dez toques da borda esquerda do papel;

b) margem direita: a 1,5 cm ou seis toques da borda direita do papel;

c) tipo e número do expediente: horizontalmente, no meio da margem esquerda (a 2,5 cm ou dez toques da borda do papel), e, verticalmente, a 5,5 cm ou seis espaços duplos (espaço dois) da borda superior do papel;

d) local e data: horizontalmente, o término da data deve coincidir com a margem direita e, verticalmente, deve estar a 6,5 cm ou sete espaços duplos ("espaço dois") da borda superior do papel;

e) vocativo: a 10 cm ou dez espaços duplos da borda superior do papel; horizontalmente, com avanço de parágrafo (2,5 cm ou dez toques);

f) avanço de parágrafos do texto: equivalente a 2,5 cm ou dez toques; o texto inicia a 1,5 cm ou a três espaços simples do vocativo;

g) espaço entre os parágrafos do texto: 1cm ou um espaço duplo (espaço dois);

h) fecho centralizado, a 1cm ou um espaço duplo (espaço dois) do final do texto;

i) identificação do signatário: 2,5 cm ou três espaços duplos (espaço dois) do fecho.

Exemplos

Modelo 1 *Ofício encaminhando documento*

MINISTÉRIO DA EDUCAÇÃO

Ofício n.º 29/DAJ

Brasília, 9 de julho de 2000.

Senhor Secretário Executivo,

Em atendimento à solicitação constante do Ofício n.º 12/SG/2000, estou encaminhando a Vossa Excelência o Relatório das atividades desenvolvidas por este Departamento, no período de 20 de dezembro de 1999, data de sua instalação e início de atividades, a 20 de junho do corrente ano.

2. Registro, por um imperativo de justiça, que, não tivesse havido o incentivo e o apoio recebidos do Senhor Ministro e de Vossa Excelência, muito pouco, certamente, teria sido realizado, a despeito da dedicação dos servidores.

3. Posso assegurar, todavia, que a informatização dos setores que acaba de ser implantada deverá conferir aos trabalhos maior velocidade e melhor categoria.

Atenciosamente,

(assinatura e nome)

Chefe do Departamento de Pessoal

A Sua Excelência, o Senhor Secretário Executivo
Dr. Hermenegildo da Fonseca
Ministério da Educação
CEP – Brasília, DF.

Esses dizeres, contendo o nome e a qualificação do destinatário, só devem constar na primeira página, quando o Aviso ou o Ofício tiverem mais de uma página. Na Exposição de Motivos, eles não são colocados.

Modelo 2 *Ofício de instituição para pessoa física*

(papel timbrado)

Ofício n.º ... Local e data

Prezado Senhor,

   Temos a satisfação de convidar Vossa Senhoria para assistir à 112ª Reunião Ordinária do Conselho Diretor da Fundação Olavo Bilac, que terá caráter solene em razão da comemoração dos 45 anos da instituição, no próximo dia 17, sexta-feira, às 18 horas, na Sala Machado de Assis, à Rua ..., n.º ..., desta cidade.
   Na oportunidade, o Presidente da Fundação Olavo Bilac, Prof. Fulano de Tal, homenageará os ex-Conselheiros da Casa, entre os quais está incluído Vossa Senhoria, com a Medalha Comemorativa dos 45 anos.
   Para a melhor ordem dos trabalhos daquela solenidade, agradecemos a confirmação de sua presença à citada Reunião – cuja programação anexamos para seu conhecimento –, se possível até o dia 15, pelos nossos telefones n.ºˢ ... e ..., ou fax n.º ...

Atenciosamente,

(nome e assinatura)
Secretário do Conselho Diretor

À
Sua Senhoria,
Sr. Beltrano de Tal.

ORDEM DE SERVIÇO

Não há muito o que dizer, como informação preliminar, a respeito do que seja ordem de serviço. Em todo o caso, de forma ampla, pode-se dizer que se trata de uma determinação (ordem) dada por alguém (que tem a competente autoridade) a fim de que outra(s) pessoa(s) execute(m) determinada tarefa (serviço).

Conceituação

ORDEM DE SERVIÇO é o ato administrativo de um titular de órgão público que tem por objetivo, no âmbito interno da instituição, estabelecer procedimentos para a execução de serviços, orientar comandos de ação e fixar normas para o cumprimento de tarefas. Na empresa privada, a ORDEM DE SERVIÇO é também uma comunicação de caráter interno, contendo determinações sobre assunto a ser executado ou cumprido, dentro das orientações nela expressas.

Características

- A estrutura da ORDEM DE SERVIÇO é muito semelhante à da PORTARIA:

a) cabeçalho, contendo a expressão ORDEM DE SERVIÇO, seguida da numeração e da data;
b) texto, em que se recomenda colocar uma ementa, no alto e à direita do papel, quando o documento contiver vários dispositivos;

c) assinatura, nome e cargo ou função de quem está baixando o ato (v. PORTARIA).

- A ORDEM DE SERVIÇO que se destine a vários setores de um órgão adquire as características da CIRCULAR (v. CIRCULAR).

- ORDEM DE SERVIÇO, Instrução de Serviço e Orientação de Serviço, na essência, não possuem diferença, podendo, por conseguinte, ser usadas indistintamente.

- Todavia, é mais comum o emprego da ORDEM DE SERVIÇO, como já vimos, para determinar providências a serem tomadas pelos setores subordinados, enquanto a Instrução de Serviço destina-se mais a fixar normas para a execução de outros atos.

- Como a PORTARIA, a ORDEM DE SERVIÇO também regula procedimentos e estabelece regras de funcionamento. O que as distingue, contudo, é que a primeira, além de definir situações de direito, vai além dos limites do órgão, enquanto a segunda restringe sua abrangência ao âmbito interno do órgão que a estabelece (v. PORTARIA).

Exemplos

Modelo 1 *Ordem de Serviço estabelecendo horário*

(papel timbrado)

Serviço Público Federal

MINISTÉRIO DA EDUCAÇÃO

DEPARTAMENTO DE SERVIÇOS GERAIS

ORDEM DE SERVIÇO N.º ..., DE .../.../...

O Diretor do Departamento de Serviços Gerais deste Ministério, no uso de suas atribuições, resolve:
Fica estabelecido o horário de 15h às 18h (quinze às dezoito horas), de segunda a sexta-feira, para o Setor de Licitações e Fiscalização de Obras deste Departamento receber propostas de licitação para construção e/ou reparo de obras.

A fixação do referido horário destina-se a proporcionar melhores condições aos funcionários do Setor, no que diz respeito à análise e julgamento dos casos apresentados, permitindo maior rapidez nas decisões e melhor qualidade de trabalho.

Brasília, .../.../...

(assinatura e
nome do Diretor)

Modelo 2 *Estabelece as tarefas de serventes e vigias*

(papel timbrado)

COLÉGIO ALIANÇA

Ordem de Serviço n.º 007   Belo Horizonte, 5 de abril de 2000.

O Chefe do Setor de Pessoal, no cumprimento de suas atribuições, determina as seguintes normas referentes ao trabalho que deve ser desenvolvido pelos vigias e serventes deste Colégio:

SERVENTES

1. Compete aos serventes a manutenção da limpeza de todas as salas de aula, tarefa que deverá ser exercida entre 6h e 8h30min, e que constará do recolhimento de papéis e detritos e retirada do pó acumulado no chão e nos móveis.
2. Para cada grupo de 3 (três) salas, haverá 2 (dois) serventes que, após as tarefas descritas no item anterior, executarão outros trabalhos de que já têm conhecimento.

VIGIAS

1. Os dois vigias que cobrem os turnos da manhã e da tarde deverão cuidar para impedir a entrada de qualquer pessoa estranha ao prédio, além de zelar para que não haja qualquer ato praticado contra o patrimônio do Colégio, evitando-o, se possível, ou denunciando-o, de imediato, à direção.
2. Os outros dois vigias darão apoio aos porteiros, nas horas de entrada e saída de alunos, ficando também responsáveis pela vigilância do pátio interno e da área restante do terreno, cercada pelos muros.

(assinatura
e nome)

Chefe do Setor de Pessoal

PARECER

Com freqüência, escutamos frases como estas: "se o parecer de Fulano for contrário ao pedido de Beltrano, ele não conseguirá a bolsa de estudos", ou "graças ao parecer favorável do chefe, o requerimento de nosso colega seguramente deverá ser atendido pelo diretor".

Nessas frases, entende-se, facilmente, que a opinião de alguém será, com certeza, decisiva para que um determinado pedido ou um certo requerimento sejam atendidos.

Por outras palavras, se parecer a Fulano que o pedido de bolsa de estudos não preenche as exigências, é quase certo que o despacho final será contrário. De outro lado, porque pareceu ao chefe que eram válidos os motivos alegados pelo colega em seu requerimento, dificilmente o diretor deixará de atendê-lo.

A palavra parecer, como fica claro nas duas hipóteses acima, nada mais é do que o infinitivo do verbo "parecer", empregado como substantivo, passando a significar "opinião abalizada", e dando nome a esse documento importante no âmbito profissional.

Conceituação

PARECER é a opinião especializada ou técnica de alguém, emitida em nome pessoal ou de alguma instituição pública ou privada, a respeito de determinado assunto que lhe haja sido submetido para exame e competente pronunciamento.

Características

- PARECER visa a esclarecer dúvidas ou questionamentos, a fim de fornecer subsídios para tomada de decisão. Também tem por objetivo interpretar textos legais e apreciar fatos.

- O PARECER é emitido em vários níveis de atividade, podendo, portanto, ser qualificado como: administrativo, técnico, científico, jurídico.

- No campo científico ou técnico, como é o caso da Medicina e da Engenharia, de um modo geral, o PARECER toma o nome de "laudo" (v. LAUDO).

- Como ato administrativo, o PARECER exprime um juízo emitido por especialistas, por órgãos consultivos, por auditorias. Costuma receber a denominação de "laudo pericial", por ser emitido por peritos.

- O PARECER administrativo tem caráter, apenas, opinativo; por isso, não vincula a administração ou os particulares a suas conclusões, a não ser se for seguido de aprovação posterior pela autoridade competente.

- Nos órgãos legislativos, o PARECER é um texto produzido por comissões especializadas e, nos tribunais, pelos ministros. Destina-se a instruir matéria proposta à discussão e votação. No caso das comissões, ele apresenta as seguintes partes:

    a) relatório expondo a matéria;
    b) pronunciamento do relator sobre a conveniência da aceitação ou recusa da matéria, no todo ou em parte, cabendo-lhe, se for o caso, sugerir emendas ou substitutivos;
    c) parecer da comissão contendo suas conclusões.

- No âmbito do Direito, o PARECER exprime a opinião de um jurista que, depois de examinar o caso à luz da legislação, da jurisprudência e da doutrina (principais fontes do Direito), sugere uma solução a ser aplicada.

- A seqüência das partes essenciais do PARECER é a seguinte:

   a) referência ou identificação (nome do órgão que emite, numeração, etc.);
   b) ementa (resumo condensado do assunto);
   c) texto, compreendendo: 1. introdução (histórico); 2. contexto (razões justificativas); 3. fecho (conclusão opinativa);
   d) local e data;
   e) assinatura, nome e cargo do emitente.

Exemplos

Modelo 1 *Parecer de órgão administrativo*

(papel timbrado)

Coordenação-Geral do Sistema de Tributação

PARECER N.º 30, DE 2 DE JUNHO DE 1999

Assunto: Imposto sobre a Renda de Pessoa Jurídica – IRPJ
Ementa: CORREÇÃO MONETÁRIA. DIFERENÇA IPC/BTNF. REVOGAÇÃO DA LEI N.º 8.200/1991.

Na vigência da Medida Provisória n.º 312/1993 e suas reedições até a de n.º 321/1993, que revogaram a Lei n.º 8.200/1991, não era devido o pagamento do imposto correspondente à correção monetária complementar da diferença IPC/BTNF, realizada em 1990.

Com a edição da Lei n.º 8.682/1993, que revigorou a Lei n.º 8.200/1991 e restabeleceu a correção monetária com base no IPC, restando saldo em favor do contribuinte, em razão de os valores pagos indevidamente, no período de vigência das citadas medidas provisórias, serem superiores aos valores devidos a partir de julho de 1993, fica assegurado o direito à compensação/restituição de valor pago a maior, que deverá ser pleiteado, com apresentação de declaração retificadora, de modo a evidenciar a recomposição dos ajustes ao lucro real dos períodos-base em questão e a existência de saldo em favor do contribuinte.

DISPOSITIVOS LEGAIS: Lei n.º 8.200/1991, Decreto n.º 332/1991, Lei n.º 8.541/1992, Medidas Provisórias n.º 312 e 321/1993, Lei n.º 8.682/93.

(DOU 134 – Seção 1, de 15.07.99)

(nome)

Coordenador-Geral

Modelo 2 *Parecer sobre Tomada de Contas*

Proc. TC-350.107/1995-5.
Tomada de Contas Especial

PARECER

Trata-se da Tomada de Contas Especial do Sr. ... e outros, originária de denúncia de moradores do Município de ..., a respeito de irregularidades na execução do Convênio n.º ..., firmado com o extinto Ministério do Bem-Estar Social, em .../.../..., tendo por objeto a realização de obras de pavimentação de baixo custo, tipo poliédrica, naquele Município (fls. 00/00).

A denúncia foi convertida em TCE por meio da decisão n.º ...-TCU-Plenário, prolatada na Sessão de .../.../... (fls. 00).

Por intermédio da Decisão n.º .../... – 2.ª Câmara (fls. ...), de .../.../..., o Tribunal decidiu rejeitar as alegações de defesa apresentadas pelo Sr. ... e fixar-lhe novo e improrrogável prazo de quinze dias para recolher o montante devido.

Considerando que as alegações de defesa adicionais, apresentadas pelos responsáveis às fls. .../..., não contêm elementos suficientes para comprovar a boa e regular aplicação dos recursos repassados, consoante análise da Unidade Técnica, às fls. .../..., manifestamo-nos no sentido de que:

a) sejam as presentes contas julgadas irregulares e sejam condenados em débito, solidariamente, os Srs. ... e ..., com fundamento nos artigos 1.º, inciso I, 16, inciso III, alínea "c", e **caput** da Lei n.º .../92, pela importância de R$ ... (por extenso), atualizada monetariamente e acrescida dos juros de mora incidentes a partir de .../.../..., até a data do efetivo recolhimento, fixando-se-lhes o prazo de quinze dias, a contar da notificação, para comprovarem perante o Tribunal o recolhimento da referida quantia aos cofres do Tesouro Nacional;

b) seja autorizada, desde logo, nos termos do artigo 2.º, inciso II, da Lei n.º .../..., a cobrança judicial da dívida, caso não atendida a notificação.

Procuradoria, em ... de ... de ...
(assinatura)
Fulano de Tal
(cargo)

(Transcrito, com omissões, do DOU, Seção I, de 15/7/99)

PETIÇÃO

É muito comum escutar: "Fulano fez uma petição para trocar de setor"; "Beltrano vai ter que fazer uma petição para conseguir sua licença especial". São frases de nosso cotidiano que se referem a solicitações por escrito cuja finalidade é a obtenção do que pretende aquele que assina.

Petição é o mesmo que requerimento. Mas, quando esse requerimento é dirigido a alguma autoridade da administração pública ou da esfera judicial, sua redação terá de obedecer a regras especiais, como veremos a seguir.

Conceituação

Em sentido amplo, PETIÇÃO significa pedido, requerimento ou solicitação por escrito que se encaminha a autoridade administrativa ou judicial. Na área jurídica, é o documento com que se formula o pedido, quer de reivindicação, quer de defesa do direito de alguém, dirigido ao juiz competente para julgá-lo.

Características

- A PETIÇÃO com que as partes ingressam no processo judicial denomina-se *petição inicial* e vem, forçosamente, acompanhada por procuração específica, passada a advogado devidamente credenciado, salvo se o requerente, sendo advogado, quiser pleitear em causa própria.

- É usual e de boa praxe que as petições sejam lavradas em papel timbrado do advogado, em que constem seu nome e endereço, entre outras indicações.

- Basicamente, a PETIÇÃO tem as mesmas características e segue a estrutura do REQUERIMENTO. Apenas, não é usada, no final do texto, a expressão "Nestes termos, pede deferimento", própria desse último documento (v. REQUERIMENTO).

- Por se tratar de um documento muito empregado na área jurídica, é pertinente e, mesmo, indicado que o requerente ou peticionário reforce a quantidade e a força dos dispositivos legais que apresenta para justificar seu pedido.

Como no REQUERIMENTO, entre a invocação e o início do texto, o signatário da PETIÇÃO deve deixar um espaço de sete linhas, se for manuscrito (cada dia, mais raro), ou de sete espaços duplos, se for datilografado ou digitado, para que a autoridade forense aponha seu despacho.

Exemplos

Modelo 1 *Petição nos autos de ação de divórcio*

Exmo. Sr. Dr. Juiz de Direito da 2ª Vara de Família de Salvador

JOÃO PEDRO MATIAS e MARIA JOSÉ DE ASSIS, nos autos da ação de divórcio consensual que promovem nesse Juízo (Proc. n.º 00000), com audiência marcada para o próximo dia 06 do corrente, pelas 14h, vêm apresentar o rol de testemunhas abaixo, todas residentes nesta cidade, que comparecerão independentemente de notificação:

1 – Pedro Paulo da Silva, brasileiro, casado, empresário;
2 – Hermenegilda de Souza, brasileira, casada, psicóloga;
3 – Ruth Aguiar, brasileira, viúva, funcionária pública.

Pede deferimento.

Salvador, 11 de maio 2000.

(assinatura do advogado)
OAB-BA n.º 1000

Modelo 2 *Petição judicial de desistência e extinção do feito*

EXCELENTÍSSIMO SENHOR DOUTOR JUIZ FEDERAL DA ... VARA DA SEÇÃO JUDICIÁRIA DO DISTRITO FEDERAL. BRASÍLIA, DF.

(Espaço reservado para carimbos e despachos)

JOÃO NEPOMUCENO FILGUEIRAS, por seu advogado, nos autos do Mandado de Segurança impetrado contra ato do Presidente da CAIXA ECONÔMICA FEDERAL, processo número ..., vem, respeitosamente, perante Vossa Excelência, dizer que não mais persiste o interesse pelo feito, oportunidade em quer requer sua EXTINÇÃO.

Pede deferimento.

Brasília, ... de janeiro de 2000.

(assinatura)
JOÃO DE BARROS NETO
OAB/DF 0002

PORTARIA

O antigo significado da palavra portaria era o de "execução feita por porteiro"; "tributo antigo pago para manter porteiro próprio"; "mandado assinado pelo juiz e dado ao porteiro para executar".

Atualmente, sem perder de todo o vínculo com o sentido remoto, o documento privativo da redação oficial denominado portaria é utilizado pela autoridade para expedir normas e instruções, assim como definir situações funcionais relativas a nomeação, remoção, promoção, entre outras, no âmbito de sua competência.

Conceituação

PORTARIA é um documento administrativo mediante o qual os ministros de Estado, governadores, prefeitos e demais dirigentes de nível correlato da administração pública praticam, dentro de sua competência e jurisdição, atos que dizem respeito à gestão e ao funcionamento dos órgãos sob sua responsabilidade.

Características

- Constituem objeto da PORTARIA, entre outros:

    a) definir procedimentos;
    b) expedir normas e instruções;

c) nomear, remover, demitir, designar para exercício de funções;
d) conferir prêmios e aplicar penalidades disciplinares;
e) criar organismos de funcionamento temporário (grupos de trabalho, comissões).

- Toda PORTARIA deve ser numerada e, na maioria dos casos, é obrigatória sua publicação em diário oficial (da União, dos estados ou dos municípios).

- Basicamente, a composição da PORTARIA obedece a esta seqüência:

  1. nome do órgão e do cargo da autoridade que a expede;
  2. numeração e data;
  3. indicação da autoridade que vai assiná-la;
  4. descrição sumária das atribuições que lhe dão competência para expedir o documento, seguindo-se a palavra "resolve" (que costuma ser destacada com maiúsculas, letras entre espaços duplos e/ou negrito);
  5. texto contendo, pela ordem, os considerandos, quando houver, e as deliberações;
  6. nome em versal (caixa alta) e assinatura da autoridade responsável pela PORTARIA.

- Havendo mais de uma deliberação, elas devem ser numeradas com algarismos arábicos, ou seguir o modelo dos atos legislativos (com artigos, parágrafos, incisos, alíneas).

- Cada considerando e cada deliberação constitui um parágrafo.

- Os considerandos são as razões que dão fundamento às deliberações, ou seja, ao conteúdo da PORTARIA.

- Como todo documento oficial, a PORTARIA deve ser redigida em papel timbrado do órgão expedidor.

- Quando há considerandos, a palavra "resolve" vem depois deles.

- O último item das deliberações é, de praxe, assim redigido: "Esta portaria entra em vigor na data de sua publicação."

Exemplos

Modelo 1 *Portaria delegando competência a servidor*

SECRETARIA DA RECEITA FEDERAL
Superintendências Regionais da Receita Federal
2.ª região fiscal

DELEGACIA DA RECEITA FEDERAL EM PORTO VELHO

PORTARIA N.º ..., DE ... DE DEZEMBRO DE ....

O DELEGADO DA RECEITA FEDERAL EM RONDÔNIA, no uso das atribuições que lhe confere o disposto no artigo 209 do Regimento Interno da Secretaria da Receita Federal, aprovado pela Portaria MF n.º 227, de 03 de setembro de ..., RESOLVE:
Delegar competência ao servidor Fulano de Tal, Agente Administrativo, matrícula SIPE n.º 12345, para praticar os atos de que trata o art. 125, incisos I e II do Regimento Interno da Secretaria da Receita Federal, no âmbito da Central de Atendimento ao Contribuinte-CAC, desta Delegacia, no período de 10 a 20 de janeiro de ....

Porto Velho, .../.../...

FULANO DE TAL

Modelo 2 *Portaria ministerial contendo deliberação*

MINISTÉRIO DA CULTURA
GABINETE DO MINISTRO

PORTARIA N.º ..., DE ... DE ... DE 2000

O MINISTRO DE ESTADO DA CULTURA, no uso de suas atribuições legais e

Considerando a necessidade de conceder maior prazo para o processo seletivo e de habilitação de entidades interessadas em indicar representantes para a Comissão Nacional de Incentivo à Cultura-CNIC, Portaria n.º 197, de 14.06.99, RESOLVE:
Art. 1º – Prorrogar até 10.10.2000 o prazo de convocação para o processo de habilitação e, até 30 do mesmo mês, a data de publicação da relação de entidades consideradas habilitadas, bem como até 16.12.99, o prazo de que trata o § 1º do art. 5º da referida portaria.
Art. 2º – Esta portaria entra em vigor na data de sua publicação.

(local e data)

FULANO DE TAL

PROCURAÇÃO

Todos sabemos os significados da palavra procurar: "fazer esforço para achar alguma coisa que não estamos encontrando"; "empenhar-se para conseguir algo de nosso interesse ou de terceiros"; "ir em busca de", entre outros.

Há, no entanto, uma acepção menos conhecida do verbo procurar que é a de "exercer funções de procurador", isto é, praticar atos em nome de outra pessoa.

A procuração de que vamos tratar é exatamente o documento que habilita alguém (pessoa física ou jurídica), que passa a chamar-se procurador, a fim de exercer ditas funções. Sua origem semântica está diretamente ligada a *procurationem*, palavra latina que significa "ação de administrar, de dirigir".

Conceituação

É o instrumento mediante o qual pessoa física ou jurídica delega poderes competentes a outra, também física ou jurídica, a fim de que, em seu nome, essa última possa tratar de assuntos de interesse da primeira.

Características

- Quem delega os poderes é denominado outorgante, mandante ou constituinte; quem os recebe denomina-se outorgado, mandatário ou constituído.

- Trata-se de um mandato que pode ser conferido por instrumento público, isto é, em cartório de notas, ou por instrumento particular, reconhecendo-se, em cartório, quando necessário, a(s) firma(s) do(s) outorgante(s).

- A PROCURAÇÃO, quando passada por instrumento particular, obedece, em geral, a esta seqüência:

    a) título, ou seja, a palavra PROCURAÇÃO escrita em maiúsculas, no alto da folha;
    b) nome e qualificação do(s) outorgante(s);
    c) nomeação e constituição do(s) outorgado(s), seguidas de seu(s) nome(s) e respectivas qualificações;
    d) indicação dos poderes conferidos pelo(s) outorgante(s) ao(s) outorgado(s), para a prática dos atos que se fizerem necessários ao cumprimento do mandato, acrescentando-se, ou não, a faculdade de substabelecer, no todo ou em parte, o mandato a terceiros;
    e) prazo de validade para o exercício da PROCURAÇÃO que, se não for expresso, considera-se por tempo indeterminado, situação que, às vezes, pode tornar-se desconfortável ou prejudicial ao(s) outorgante(s), na hipótese de necessidade de cassação eventual dos poderes;
    f) local e data;
    g) assinatura e nome do(s) outorgante(s).

- Quando expedida por instrumento público, os cartórios adotam um formato peculiar para a PROCURAÇÃO, com o acréscimo de alguns dados e expressões da linguagem notarial, a fim de resguardarem sua responsabilidade, já que se trata de um documento que tem fé pública.

- Na essência e na estrutura, no entanto, a seqüência é a mesma da PROCURAÇÃO feita mediante instrumento particular. Desse documento que é lavrado em livro próprio, os cartórios fornecem traslados (cópias) aos interessados.

Exemplos

Modelo 1 *Procuração por instrumento particular*

PROCURAÇÃO

Com o presente instrumento particular, o abaixo assinado (nome completo do outorgante), brasileiro, divorciado, professor universitário aposentado, do quadro do Departamento de Letras da Universidade Federal de Mato Grosso, matrícula n.º ..., números de RG e CIC, residente e domiciliado em (dar o endereço completo), nomeia e constitui seu bastante procurador o Sr. (nome, qualificação e endereço do outorgado), a quem confere poderes para representar o outorgante junto ao Departamento de Pessoal da Universidade Federal de Mato Grosso, e praticar, em seu nome, todos os atos que se fizerem necessários, em decorrência dos termos do Ofício n.º 1234, de 21 de maio de 1999, em que é solicitado o comparecimento do outorgante àquele Departamento, a fim de tratar de processo de "revisão de aposentadoria", podendo, para tanto, tudo assinar, requerer, concordar, discutir, desistir, transigir, recorrer, efetuar pagamentos, dar e receber quitação, requisitar cópias de documentos, em especial do referido processo, e substabelecer, inclusive, os poderes da cláusula "ad judicia" a profissional qualificado.

Cuiabá (MT), 29 de maio de 1999.

(assinatura do outorgante)
(nome completo do outorgante)

No exemplo acima, foi autorizado ao outorgado "substabelecer", ou seja, transferir todos os poderes que lhe foram conferidos para pessoa de sua escolha e, se necessário, habilitar advogado para exercer os poderes da cláusula "*ad judicia*", isto é, atuar nas diversas instâncias jurídicas, em defesa dos interesses do outorgante.

O substabelecimento – que pode ser feito com ou sem reserva de poderes – permite agilizar o exercício do mandato concedido, tanto na esfera administrativa como na judicial, pois dispensa a interferência do outorgante para que conceda uma outra procuração.

Modelo 2 *Procuração por instrumento público*

PROCURAÇÃO

SAIBAM quantos este público instrumento de PROCURAÇÃO virem que, aos vinte e dois dias do mês de março do ano de mil novecentos e noventa e nove (22.03.99), nesta cidade de Brasília, Capital da República Federativa do Brasil, perante mim, (nome do oficial do cartório que está lavrando o documento), Escrevente, compareceu como outorgante (**nome completo do outorgante**), brasileira, separada judicialmente, professora universitária, residente e domiciliada nesta capital, portadora da CI n.º ... e do CIC n.º ..., reconhecida e identificada como a própria, do que dou fé. E por ela me foi dito que, por este instrumento público, nomeia e constitui seu bastante procurador (**nome completo do outorgado**), brasileiro, casado, advogado, residente e domiciliado nesta capital, portador da CI n.º ... e do CIC n.º ..., a quem confere poderes para comprar, prometer comprar ou, de qualquer forma, adquirir por compra, a favor da outorgante, o imóvel constituído pela **Sala n.º 123, situada no terceiro (3.º) pavimento do Edifício Minarete, do Setor Comercial Sul, desta cidade, descrito e carac-**

terizado na matrícula n? ..., do Cartório do 1? Ofício de Registro de Imóveis local; podendo, para tanto, ajustar preços, prazos, cláusulas e condições, pagar o produto da operação no todo ou em parte, dar e aceitar recibos e quitações, aceitar e assinar a competente escritura, com as cláusulas e solenidades do estilo, receber domínio, direito, ação e posse, características, limites, confrontações, fazer responder por evicção de direito, pagar taxas e impostos necessários, promover registros, averbações, re-ratificações, representá-la junto às repartições públicas, administrativas, autárquicas e cartórios em geral, praticando, enfim, todos os demais atos que se fizerem necessários ao fiel cumprimento deste mandato, inclusive substabelecer. E como assim o disse, do que dou fé, me pediu fosse lavrada a presente procuração, o que fiz, e que, achada conforme, outorga, aceita e assina. Dou fé. Eu (nome do oficial de registro), Escrevente, a lavrei, li e encerro o presente ato, colhendo as assinaturas. E eu (nome completo), Tabelião, a subscrevo. Seguem-se as assinaturas e carimbos competentes.

REGIMENTO

A palavra latina *regimentum* quer dizer "direção", "regime", "governo", "ação de governar". Em português, regimento manteve o sentido etimológico, passando a significar conjunto de normas que servem para disciplinar, reger, dirigir. No fundo, são ações próprias da administração.

Na linguagem militar, regimento tem a acepção peculiar de corpo de tropas constituído de companhias e comandado por coronel. Também nesse sentido, mantém sua origem vinculada, ainda que remotamente, à ação de dirigir, de comandar de acordo com instruções e dispositivos próprios.

Neste livro, esse documento será tratado como um código de normas.

Conceituação

Na administração pública, REGIMENTO é o ato escrito que estabelece o conjunto de regras e instruções sobre o funcionamento das unidades de um órgão ou de uma instituição.

No âmbito dos organismos privados, o REGIMENTO, também conhecido como Regimento Interno ou Regulamento Interno, é o documento que determina o modo de direção e de funcionamento de empresas, associações e demais entidades.

Características

- A estrutura de redação do REGIMENTO é a mesma da Convenção.

- No capítulo deste livro referente à CONVENÇÃO, vimos que o Art. 9º da Lei nº 4.591, de 16 de dezembro de 1964, determina que os condôminos

   "... elaborarão, por escrito, a Convenção de Condomínio, e deverão, também, por contrato ou por deliberação em Assembléia, aprovar o Regimento Interno da edificação ou conjunto de edificações".

- Esse REGIMENTO INTERNO é um ato complementar que tem por objetivo disciplinar a conduta dos condôminos, locatários, empregados, enfim, descrever os deveres e obrigações daqueles que habitam o prédio ou por ele circulam.

- Poderíamos dizer que a Convenção é a lei e o Regimento Interno é o regulamento que orienta e explica como essa lei deve ser cumprida.

- Embora as regras contidas no REGIMENTO INTERNO possam constar do próprio texto da Convenção de Condomínio, é mais usual que ele constitua um texto separado, o que permitirá facilidade de consulta, além de simplificar o processo de eventuais alterações de suas normas pelas assembléias dos condôminos.

Exemplos

Modelo único *Regimento interno de condomínio residencial* (síntese)

REGIMENTO INTERNO DO CONDOMÍNIO DO EDIFÍCIO LUX, SITUADO NA AVENIDA DAS ACÁCIAS, 32, CENTRO, DESTA CIDADE DE CURITIBA, INSTITUÍDO PELOS

PROPRIETÁRIOS DAS UNIDADES AUTÔNOMAS, NA ASSEMBLÉIA GERAL EXTRAORDINÁRIA, REALIZADA NO DIA 8 DE DEZEMBRO DE 1997, DE ACORDO COM A LEI N.º 4.591/64 E COM AS DISPOSIÇÕES CONSTANTES DA CONVENÇÃO DE CONDOMÍNIO.

A natureza dos assuntos a serem regulamentados determinará o número de capítulos do regimento e, dentro de cada um deles, a quantidade de artigos e dispositivos que forem necessários.

O último capítulo costuma intitular-se "Disposições Gerais e Transitórias".

A seguir, os itens mais freqüentes que são objeto de regulamentação:

a) destinação dos apartamentos, vedando, expressamente, seu uso para outros fins;

b) uso das áreas comuns;

c) horário para a guarda de silêncio destinada ao repouso dos moradores;

d) recolhimento de lixo;

e) proibição de estender roupas, tapetes e similares, nas janelas, aberturas, varandas e áreas comuns;

f) manutenção de animais e sua circulação;

g) utilização dos elevadores sociais e de serviço;

h) fixação de horário para execução de pintura e reparos;

i) retirada de entulhos provenientes de obras;

j) do uso das vagas de garagem;

l) do local para a guarda de bicicletas, motos, pranchas, etc.

O último artigo dirá:

O presente Regimento Interno entrará em vigor a partir da data de seu registro no cartório competente.

Curitiba, 15 de fevereiro de 2000.

(Seguem-se nomes, números de cada apartamento e assinatura correspondente, no mínimo, de condôminos cuja quantidade complete o *quorum* estabelecido na Convenção de Condomínio [alínea *m*, do § 3º, do Art. 9º, da Lei nº 4.591/64], necessário à aprovação do Regimento Interno.)

REGULAMENTO

Regulamento vem da palavra latina *regula* que significa regra, lei. Por isso, quando nos referimos a ele, as pessoas entendem que se trata de um conjunto de regras que devem ser respeitadas por determinadas pessoas, da mesma forma que, ao dizermos que alguma coisa está irregular, queremos informar que ela não está dentro das regras.

Regular uma máquina, um motor, por exemplo, é fazer com que eles funcionem de acordo com as regras ou orientações estabelecidas pelo fabricante.

O regulamento de que estamos tratando também é constituído de regras e orientações sobre procedimentos, mas, como era de esperar, é um documento com características próprias e formato peculiar.

Conceituação

REGULAMENTO é o ato do poder executivo que estabelece as normas e as orientações processuais necessárias à execução dos princípios estabelecidos por uma determinada lei. Não confundir com Regulamento Interno que tem a mesma estrutura e finalidade do REGIMENTO ou da CONVENÇÃO, já que cada um desses três documentos é um corpo de normas ou um código de procedimentos (v. REGIMENTO e CONVENÇÃO).

Características

- O REGULAMENTO é estabelecido por decreto do Presidente da República, e tem esta seqüência:

    a) cabeçalho – DECRETO N.º ..., DE .../.../ ...
    b) ementa – logo abaixo, à direita

    Aprova o Regulamento de ... e dá outras providências

    c) texto – conjunto das normas reguladoras, apresentado em capítulos, artigos e respectivas subdivisões, quando for o caso.

Exemplo

Modelo único *Regulamento estabelecido por decreto*

REGULAMENTO

DECRETO N.º ..., DE ... DE ... DE 2000

Aprova o Regulamento de ... e dá outras providências

O Presidente da República, no uso das atribuições que lhe confere o artigo 84, item II, da Constituição, decreta:

CAPÍTULO I
Da finalidade

CAPÍTULO II
Da organização

CAPÍTULO III
Da competência

CAPÍTULO IV
Das Disposições Gerais

Por se tratar de documento extenso, o texto foi apresentado de forma esquemática, apenas com os títulos dos capítulos e respectivos assuntos.

O último artigo costuma ter a seguinte redação:

Art. ... O presente Decreto entrará em vigor na data de sua publicação, revogadas as disposições em contrário.

RELATÓRIO

Relatar tem a ver com "narrar", "expor", "contar". Em suma, fazer um relato. A todo momento, estamos contando ou escutando informações sobre fatos diversos ocorridos em nosso dia-a-dia, quer em casa, quer no trabalho. Na verdade, todos, no fundo, são relatórios. Mas não é desse tipo que vamos tratar, porque esses são produzidos livremente, em linguagem coloquial, independentes de regras ou estilos. O que importa neles é que a história contada seja compreendida pela pessoa ou pessoas que escutam.

O relatório que interessa à redação no âmbito profissional também tem a finalidade de fazer uma exposição, mas é um documento com características e estrutura peculiares que devem ser respeitadas ao redigi-lo.

Conceituação

RELATÓRIO, dito de forma abrangente, é um tipo de comunicação escrita que expõe ou descreve, de forma circunstanciada, atos ou fatos, em que devem constar análise e apreciação de quem o produz. Trata-se de documento elaborado por determinação de autoridade superior ou por força das funções exercidas de quem o escreve.

Características

- Existem RELATÓRIOS que são produzidos em decorrência de normas legais, administrativas ou estatutárias e são apresentados dentro de prazos previamente estabelecidos.

- É o caso do RELATÓRIO anual de prestação de contas, ao término do exercício, sobre as atividades de empresas, instituições, condomínios, associações.

- Outros são eventuais, pois não têm data marcada para sua elaboração. Nesse grupo, podemos incluir os RELATÓRIOS produzidos por comissões de sindicância, comissões de inquérito, por inspetores e auditores, além daqueles que se referem a prestações de conta relativos a viagens de serviço, tanto na área pública, quanto no âmbito privado.

- Os RELATÓRIOS acadêmicos envolvendo resultado de estudos e de pesquisas, bem como os que prestam contas da produção dos beneficiários de bolsas de estudo, formam uma categoria à parte que não cabe no propósito deste livro.

- Apesar das diferenças entre esses diversos tipos que apontamos, a estrutura básica, ou seja, o formato do documento denominado RELATÓRIO é, geralmente, este:

   a) cabeçalho e título;
   b) vocativo (invocação da autoridade a quem é endereçado);
   c) apresentação (indicação dos motivos do Relatório);
   d) desenvolvimento (exposição do assunto de forma ordenada);
   e) conclusão (considerações finais e sugestões propostas);
   f) fecho (fórmula de cortesia);
   g) local e data;
   h) assinatura(s) [acima do nome, cargo ou função do(s) relator(es)].

Exemplos

Modelo 1 *Relatório de Comissão de Inquérito Administrativo*

(papel timbrado)

MINISTÉRIO DA EDUCAÇÃO E DESPORTO

Senhor Ministro,

Honrado com a designação de Vossa Excelência para integrar a Comissão de Inquérito Administrativo, incumbida de apurar os fatos relacionados no Processo n.º .../99, apresentamos o relatório, após audiência de testemunhas e da realização de diligências.

1. Designada pela Portaria n.º ... de ... de 1999, baixada por Vossa Excelência, esta Comissão, após audiência de 19 (dezenove) testemunhas e, aproximadamente, 28 (vinte e oito) diligências, conseguiu apurar que:

    a) quanto à denúncia apresentada pela firma comercial, cabe a maior responsabilidade ao Chefe de Setor do órgão competente, por ter negligenciado quando da remessa das cartas-convite, deixando de remetê-las à maioria das firmas cadastradas;

    b) quanto à acusação a Fulano de Tal, não existe qualquer respaldo, uma vez que ele era o encarregado da entrega das referidas cartas, sendo, portanto, apenas o mensageiro;

    c) quanto a Beltrano de Tal, poder-se-á atribuir alguma responsabilidade, já que ele tem sob seu controle as firmas cadastradas, além de ser o funcionário que apresenta o nome dos possíveis fornecedores para o envio de coletas de preço ou cartas-convite;

d) quanto a Sicrano de Tal, não pode ser responsabilizado, porquanto sua participação limitou-se à mera condição de datilografar o que lhe foi entregue;

e) quanto ao Oficial de Administração, não pesa nenhuma responsabilidade, pois é Chefe de outro órgão, prestando sua colaboração eventualmente, nos horários de maior volume de trabalho, em função de sua experiência anterior como Chefe daquele setor.

2. Ante o exposto, depois de termos definido a posição de cada um dos implicados nos autos do presente processo administrativo – mesmo não tendo havido nenhum prejuízo para a Fazenda Nacional, já que foi dada como vencedora a firma que apresentou menor preço na venda do material objeto da carta-convite em questão –, concluímos que

Fulano de Tal infringiu o Art. ..., item III, da Lei n.º .../...;

Beltrano de Tal cometeu infração prevista no Art. ..., da Lei n.º .../...;

Sicrano de Tal e o Oficial de Administração (nome) não infringiram nenhum dispositivo legal.

3. A fim de evitar, tanto quanto possível, casos dessa natureza, sugerimos, *data venia*, a Vossa Excelência, seja baixado Regimento Interno que discipline o funcionamento do referido Órgão, de acordo com o Código de Contabilidade Pública, no que couber.

Certos de havermos cumprido com lealdade e diligência a tarefa que Vossa Excelência nos confiou, subscrevemo-nos,

Respeitosamente,

(local e data)

Seguem-se os nomes e as assinaturas dos três membros da Comissão.

Este modelo de relatório foi adaptado a partir de exemplo constante das *NORMAS SOBRE CORRESPONDÊNCIA, COMUNICAÇÃO E ATOS OFICIAIS* do Ministério da Educação e Desporto - MEC.

REQUERIMENTO

Requerimento, "petição", "postulação", "pleito", "solicitação", todas são palavras sinônimas que, no fundo, querem significar o ato de fazer pedido de alguma coisa a alguém que, se imagina, vai poder atender.

Na atividade profissional, todavia, o pedido que se faz por escrito, obedecendo a certas regras consagradas pelo uso, recebe o nome especial de requerimento e, é claro, não se confunde com o pedido dirigido a um amigo, por meio de um simples bilhete ou de uma carta informal.

Sendo assim, passemos a tratar das normas que disciplinam esse tipo de documento tão utilizado em nosso dia-a-dia.

Conceituação

REQUERIMENTO é todo pedido escrito encaminhado a uma autoridade do serviço público, solicitando alguma providência ou o reconhecimento e a atribuição de um direito.

Dentro desse conceito cabem não só um requerimento simples, que solicita o arquivamento de um documento, ou pede mera informação, como também aquele que postula o reconhecimento de um direito, apresentando argumentos que pretendem fundamentá-lo.

Características

- De modo geral, REQUERIMENTO e petição são sinônimos, diferindo, porém, no seguinte: enquanto no REQUERIMENTO alega-se fundamento ou amparo legal – ainda que com base em simples suposição – para o pedido formulado, na petição as razões invocadas baseiam-se, apenas, no interesse de quem pede, não havendo certeza de apoio legal ou segurança quanto ao atendimento.

- Quando o REQUERIMENTO é feito por várias pessoas, recebe a denominação de abaixo-assinado. Se tiver por finalidade narrar fatos e expor idéias à autoridade, na defesa de interesse coletivo, toma o nome específico de memorial.

- É impróprio utilizar o modelo de REQUERIMENTO para fazer um pedido dirigido a chefes, diretores, gerentes, na empresa privada, ou a dirigentes de instituições que não sejam públicas. Nesses casos, o instrumento adequado é a CARTA.

- O REQUERIMENTO pode ser manuscrito (modalidade quase em desuso), datilografado ou digitado e impresso por meio de computador (forma cada vez mais usual).

- A linguagem do REQUERIMENTO deve ser concisa, clara e objetiva, devendo evitar-se argumentações subjetivas e sentimentais. Tampouco devem ser empregadas fórmulas de saudação à autoridade, quer no início, quer no final do documento.

- Em qualquer hipótese, o documento deve apresentar a seguinte estrutura:

    a) invocação, no alto do papel, ou seja, nome da autoridade e do cargo por ela exercido, precedido da competente forma de tratamento;
    b) texto, contendo inicialmente o nome, dados pessoais de identificação do requerente e, em seguida, a exposição do pedido com as alegações que o fundamentam (se forem muitas,

é indicado numerá-las para facilitar o entendimento de quem vai apreciar e julgar o pedido);

c) fecho, utilizando-se, apenas, a expressão já consagrada: "Nestes termos," (numa linha) "pede deferimento" (abaixo, na linha imediata). Existem outros fechos, também aceitos, tais como: "Termos em que pede deferimento", "Nestes termos, espera deferimento" ou, simplesmente, "Pede deferimento";

d) local e data;

e) assinatura do requerente.

Entre a invocação e o início do texto, deve-se deixar um espaço aproximado de sete linhas, se for manuscrito; de sete espaços duplos, se for datilografado ou digitado, a fim de que nele a autoridade destinatária aponha seu despacho.

Exemplos

Modelo 1 *Requerimento de pensionista solicitando continuidade do benefício*

EXCELENTÍSSIMO SENHOR MINISTRO DE ESTADO
DO ORÇAMENTO E GESTÃO

(espaço reservado para despacho da autoridade)

JOSÉ DO PATROCÍNIO ALVES, brasileiro, solteiro, portador do RG n.º ... e do CIC n.º ... (Anexo 1), residente e domiciliado em (dar endereço completo), beneficiário de pensão temporária, conforme Comprovante de Rendimentos de Pensão que junta ao presente (Anexo 2), instituída em decorrência do falecimento, em .../.../..., de seu pai, Fortunato Alves, Oficial Administrativo Classe "C", dirige-se a Vossa Excelência, para expor e requerer o seguinte:

1. Em 25 de junho próximo, o requerente deverá completar 21 anos de idade, a partir de quando, conforme informações que obteve, não terá mais direito à referida pensão;
2. Se vier a ocorrer a perda do benefício, faltarão a ele, requerente, condições financeiras indispensáveis para dar continuidade ao Curso de Licenciatura Plena em Matemática, no qual se acha matriculado, de acordo com declaração da Universidade Federal do Maranhão, expedida em .../.../... (Anexo 3);
3. Por outra parte, a pensão que vem recebendo, não só viabiliza seus estudos, como, também, contribui, substancialmente, para sua manutenção, uma vez que reside com mais dois irmãos na casa de um tio paterno, de idade avançada que, por sua vez, está limitado a uma pensão estadual de aposentado do serviço público.

Diante do exposto, vem o requerente à presença de Vossa Excelência, na qualidade de estudante universitário sem renda própria, pleitear a continuidade do benefício que vem recebendo, até que complete 24 anos, uma vez que lhe parece justo merecer o mesmo tratamento que é dispensado ao dependente universitário em iguais condições, de acordo com o que estabelecem, expressamente: a) o inciso I do Parágrafo único, do Art. 197, da Lei n.º 8.112, de 11 de dezembro de 1990; b) o § 1.º, do Art. 35, da Lei n.º 9.250, de 26 de dezembro de 1995; e c) o § 2.º, do Art. 77, do Decreto n.º 3.000, de 26 de março de 1999, dispositivos legais esses cujo espírito nítido é o de beneficiar, o primeiro, ao servidor público civil da União, e os dois seguintes, ao contribuinte do Imposto de Renda, ambas as situações em que se enquadrou, por longos anos, o pai do requerente e instituidor da pensão que hoje ele percebe.

Nestes termos,
pede deferimento

São Luís, 8 de março de 2000.

(assinatura)

Anexos:

1. Cópias do RG e do CIC
2. Comprovante de Rendimentos do Beneficiário de Pensão.
3. Declaração da UFMA, comprovando matrícula.

Modelo 2 *Requerimento solicitando apostila de documento*

ILMO. SR. DIRETOR DO DEPARTAMENTO
DE PESSOAL DO MINISTÉRIO DA JUSTIÇA

(Espaço reservado para despacho da autoridade)

SILVIA GUILHERMINA DE SANTANA, Agente Administrativo, Código ..., Classe ..., Referência ..., deste Ministério, em exercício na SG/Secretaria de Modernização Administrativa, vem requerer a Vossa Senhoria se digne mandar apostilar o título de nomeação anexo, a fim de constar que lhe foi concedida a gratificação de qüinqüênio de 35% (trinta e cinco por cento), em virtude de haver completado 35 (trinta e cinco) anos de serviço.

Nestes termos,
pede deferimento

Brasília, 25 de setembro de 2000.

(assinatura da requerente)

TERMO

Nos dicionários, encontramos vários significados para termo. Entre eles, *término, fim*: "As negociações chegaram a bom termo" (terminaram bem); *vocábulo*: "Ele usou termos ofensivos quando se dirigiu ao pai" (palavras agressivas); *limite de prazo*: "O termo do contrato era dia 30" (término do acordo); *qualquer elemento da frase ou oração*: "Predicado e sujeito são termos essenciais"; *declaração exarada em processo ou fora dele, com efeito jurídico*.

Dessa última acepção de termo é que vamos tratar, ou seja, quando a palavra significa declaração que tem implicações de natureza jurídica.

Conceituação

TERMO é qualquer declaração escrita nos autos de um processo ou em livros próprios para assentamentos regulados por lei. Num sentido amplo, e independentemente de processo, fazer ou lavrar um TERMO quer dizer pôr em linguagem escrita algo que ficou acertado verbalmente.

Dentro dessa acepção, encontramos várias modalidades: "termo de juntada"; "termo de posse"; "termo de abertura"; "termo de encerramento"; "termo de vista"; "termo de avaliação"; "termo de responsabilidade"; "termo de contrato"; "termo de convênio"; "termo de responsabilidade", entre outros.

Todos esses termos exprimem declarações de vontade que se expressam por meio de documentos escritos.

Características

- Como existem várias modalidades de TERMO, é compreensível que algumas delas já tenham adotado um estilo próprio de redação que pode variar de uma instituição para outra, sem que tal procedimento comprometa a essência do documento.

- TERMO DE POSSE, por exemplo, destina-se a oficializar o início do vínculo de trabalho da pessoa que assume determinado cargo ou função no serviço público. Dito TERMO, de um modo geral, acompanha o estilo da ata:

> Aos ... de ... de 1999, perante o Sr. (cargo e nome da autoridade que tem poder de dar posse), tomou posse no cargo de (dar o nome do cargo ou função), o Sr. (nome completo de quem está sendo investido na posse), do que, para constar, foi escrito o presente Termo de Posse que vai assinado pelo (autoridade acima referida), pelo (nome do empossado) e por mim (nome e cargo do funcionário do setor de pessoal), que redigi e lavrei o presente documento. Data e local. Assinaturas.

- Por se tratar, essencialmente, de uma declaração, nada mais lógico que o TERMO siga, em princípio, seu formato, o qual, por sua vez, é semelhante ao do atestado, ambos já tratados neste livro:

a) título, isto é, a palavra TERMO acompanhada de seu designativo em maiúsculas:

TERMO DE AVALIAÇÃO ou

TERMO DE ABERTURA

b) nome e identificação da pessoa competente que responde pelo que será declarado no TERMO;

c) texto sempre sucinto, claro e preciso, contendo aquilo que está sendo declarado;

d) assinatura aposta sobre o nome e cargo ou função de quem lavra o termo.

A ordem dos componentes descritos nas letras "b" e "c" pode ser invertida. Tanto faz iniciar o documento pelo texto do TERMO, quanto pelo nome e identificação de quem é responsável por ele (v. ATESTADO e DECLARAÇÃO).

Exemplos

Modelo 1 *Termo de abertura e Termo de encerramento*

TERMO DE ABERTURA

LIVRO DE ATAS N.º 1

Contém o presente 150 (cento e cinqüenta) folhas numeradas por página, tipograficamente de 1 (um) a 300 (trezentos), e rubricadas por mim, na qualidade de Síndico eleito, e servirá para LIVRO DE ATAS das Assembléias Gerais do Condomínio do Edifício Vista Alegre, localizado em ..., desta cidade.

São Paulo, 25 de junho de 2000.

(assinatura)

Fulano de Tal
Síndico

TERMO DE ENCERRAMENTO

LIVRO DE ATAS N.º 1

Contém o presente 150 (cento e cinqüenta) folhas numeradas por página, tipograficamente de 1 (um) a 300 (trezentos), e rubricadas por mim, na qualidade de Síndico eleito, destinado a LIVRO DE ATAS das Assembléias Gerais do Condomínio do Edifício Vista Alegre, localizado em ..., desta cidade.

São Paulo, 25 de junho de 2000.

(assinatura)

Fulano de Tal
Síndico

O Termo de Abertura é lavrado na primeira página numerada e o Termo de Encerramento, na última, nas quais nada mais deverá ser escrito.

Modelo 2 *Termo de Avaliação*

(papel timbrado*)*

TERMO DE AVALIAÇÃO

FULANO DE TAL (identificação e qualificação), BELTRANO DE TAL (identificação e qualificação) e SICRANO DE TAL (identificação e qualificação), na qualidade de integrantes do Grupo de Avaliação constituído pela Portaria 098, de .../.../..., publicada no DOU de .../.../..., do Sr. Diretor do

Departamento de Engenharia deste órgão, com o fim de estimar o valor do prédio situado na Rua ..., n.º ..., bairro ..., desta cidade, visando a futura aquisição pelo governo do estado, avaliam o referido imóvel em R$ ... (por extenso), desde que essa importância já inclua os gastos de pintura que deverão correr por conta do atual proprietário.

Campinas, ... de ... de 2000.

(assinatura)
FULANO DE TAL
Presidente

(assinatura)
BELTRANO DE TAL
Membro

(assinatura)
SICRANO DE TAL
Membro

Sugestões bibliográficas

1. Redação oficial e empresarial:

BELTRÃO, Odacir ; BELTRÃO, Mariúsa. *Correspondência – linguagem & comunicação – oficial, comercial, bancária, particular.* São Paulo: Atlas, 1998.

BRASIL. Ministério da Educação e Cultura. Secretaria de Apoio Administrativo. *Normas sobre correspondência, comunicação e atos oficiais.* Brasília, 1972.

BRASIL. Presidência da República. *Manual de redação da Presidência da república.* Brasília, 1991.

BRASIL. Senado Federal. Secretaria Especial de Editoração e Publicações. *Manual de padronização de textos.* Brasília, 1999.

MEDEIROS, João Bosco. *Correspondência – técnicas de comunicação criativa.* São Paulo: Atlas, 1997.

MENDONÇA, Neide Rodrigues de Souza. *Desburocratização lingüística – como simplificar textos administrativos.* São Paulo: Pioneira, 1987.

NEY, João Luiz. *Prontuário de redação oficial.* Rio de Janeiro: Nova Fronteira, 1988.

2. Gramática

CUNHA, Celso / CINTRA, Luiz F. Lindley. *Nova gramática do português contemporâneo.* Rio de Janeiro: Nova Fronteira, 1985.

KURY, Adriano da Gama. *Para falar e escrever melhor o português.* Rio de Janeiro: Nova Fronteira, 1994.

LUFT, Celso Pedro. *Novo guia ortográfico.* São Paulo: Globo, 1996.

NASCENTES, Antenor. *O idioma nacional.* Rio de Janeiro: Acadêmica, 1964.

ROCHA LIMA, Carlos Henrique da. *Gramática normativa da língua portuguesa.* Rio de Janeiro: José Olympio, 2000.

3. Dicionário:

FERNANDES, Francisco. *Dicionário de verbos e regimes.* São Paulo: Globo, 1999.

——. *Dicionário de regimes de substantivos e adjetivos.* São Paulo: Globo, 1997.

FERREIRA, Aurélio Buarque de Hollanda. *Novo dicionário Aurélio da língua portuguesa.* Rio de Janeiro: Nova Fronteira, 1997.

IMPRESSÃO E ACABAMENTO
Yangraf Fone/Fax: 218-1788